亦舒作品

亦舒

-作品-

12

蔷薇泡沫

CNS

湖南文艺出版社

HUNAN LITERATURE AND ART PUBLISHING HOUSE

博集天卷

CS-BOOKY

蔷薇泡沫

目录

蔷薇泡沫

壹·

史蒂芬永远不会明白，单身女人出来做事，除了挤媚眼外，实在尚需要真功夫。

我穿着泳衣，躺在小型码头的长条木板上晒太阳，黄昏的阳光照在肩膀上，觉得温暖温暖。这真是美妙的假期，我想。

那艘叫“莉莉白”的游艇，仍然停在湖中央。

昨日我听到洋汉子朝我吹口哨的声音，今天呢?

我可以看到游艇甲板上有人走来走去，我眯着双眼，湖两边鸟语花香，多么好的风景，我是否应该嫁给史蒂芬呢?

我转了一个身。

就在此刻，我看到“莉莉白”号像一只模型船被捏碎一般，迸散开来，电光石火之间，化为一片火海，几乎是一两秒钟间，就听到“轰隆隆”的爆炸声，震耳欲聋，强烈的热气浪向我侵袭，乌烟火舌把整艘游艇吞没，一切化为乌有，碎骸被炸出老远，有些就落在我身体上，打中我身体，发出激痛。

我震惊过度，呆得发不出声音来，非但没有伏下，反而站起身来。

木条码头被震得上下浮动，我几乎站不稳，正在此时，有人捉住我双足，我蓦地尖叫起来，低头一看，那双手全是血，人头！一个人头冒出水面，微弱地叫：“救命！救命……”

安徒生的童话：

人鱼公主在十五岁生日那天，浮上海面，在暴风雨中救得一个王子。公主爱上王子，求女巫将她变为人类，忍痛吞下哑药，长出双足，人鱼公主结识了王子，但王子并不知道，她是他的救命恩人。

在一个夏日的夜晚，王子将与邻国的公主结婚，人鱼公主的姐姐来找她，递给她一把尖刀，说道：“快，快，在天亮之前，将王子杀死，回到海底来，恢复长生不老的人鱼身份。”

人鱼公主握住尖刀，哭了一个晚上，终于不忍杀死她所爱的人。

天亮了，她化为蔷薇的泡沫，消失在天空中。

我一直喜欢这个故事。

史蒂芬说我：“二十八岁的女人了，尚不肯面对现实。”

史蒂芬是我大学同学，很好的男孩子，但不是可以结婚的那种，他喜欢无忧无虑的日子，做一点点工作，维持朴素简单的生计，是以不肯回到香港来挣扎图强，他在英国湖区一间中学教书，过着神仙般的生活，但连手表都买不起。

这次我趁着假期前去探访他，带了一只米老鼠手表，价值港币三十八元整。

他到火车站来接我，我们拥抱良久。

“你好吗？老史，你好吗？”

“你呢？你快乐吗？”

我叹口气：“老史，你怎么可以在这么短的时间内，问及如此复杂的问题？”

“什么！你仍然不快活，你有什么理由不快活？”他朝我直瞪眼。

“我所有的忧虑，只有耶稣知道。”我也向他瞪眼。

“嘿，听听看，”老史舞动着双手，“这个女人，月薪一千镑，得闲到湖区来逛，转头又到巴黎购买新装，可是就爱发这种牢骚，请问你怎么受得了？”

我白他一眼。

他替我抬起行李，扔进他的车尾行李箱，我上了他的老爷车，走一步退三步地到了他的居所。

哗，那所平房！

简直只会在童话中出现：花圃里一行行黄色的洋水仙与紫色的鸢尾花，一行粗壮的梨树上开满了白色的碎花，风吹上来，花瓣与粉蝶齐齐飞舞，白色的斜屋顶，剔透的玻璃窗……而且这所房子就在湖的旁边，碧蓝的天空，浅紫的湖水，风帆点点，直情如风景明信片一般。

我傻了眼：“哗，老史，你敢情做了神仙了。”

他得意地说：“怎么样？就差没小鹿斑比来向你问好呢。”

“朝这里走十幢房子，就是绥斯渥夫[1]的故居。”老史说。

我长叹一声，放下行李。

“打算在我这里住几天？”老史问。

“七天。”我说。

“嫁给我，你可以在这里住一辈子。”他说。

我从窗口看出去，颇为心动，为什么不呢，此处无案牍之劳形，无丝竹之乱耳，就这么一辈子……

“如何？”他的手搭在我肩上。

我抬起头来看他：“就这样？对牢一幅风景图片过三十年，为你煮饭、洗衣服、生孩子？”

“为什么不？！你期待着什么？”

我亦不知道。

我打开衣箱，老史扬出我的衣服来。

“迪奥的内衣，品顶高毛衣，貂皮大衣……你就甘心为这些做奴隶？”老史问。

我板起脸：“你太没礼貌了。”

[1] 绥斯渥夫：又译为华兹华斯（Wordsworth）。

“香港女人，我不明白你们。”

我不出声。

“你已经二十八岁了。”老史说。

我知道。

“大学一年级时我已向你求婚，”他温和地说，“到现在已经九周年纪念，怎么，还沦落红尘不能自拔？这些年来，你还去不够舞会？用不够锦衣玉食？愁眉苦脸地赚了来，愁眉苦脸地花了去，为的是什么？”

我躺床上说：“为市面繁荣。”

他笑。

我翻了一个身：“为自虐。”

“何苦来？”

“这是香港作风。”

“那么别做香港人。”

我烦恼地说：“我明明黑头发黑眼睛，不做香港人，你让我做什么人呢？”

“你又来了。”

“老史，你别等我，你就随便找个人结婚吧，养几个白白胖胖的孩子，教他们念《水仙颂》，老史，”我搔搔头，“我是这样的虚荣，我一无可取……”

“够了，够了。”他吻我的脸。

“老史，我是不会与你结婚的。”

“别说得那么决绝，”他吻我的耳珠，“说不定过一阵子，你会前来巴巴地求我呢。”

我微笑。

“好好利用你的假期，休息一下，再回去搏杀，祝你早日再升一级，抱着枕头与奖章做老姑婆。”

“老史，你好不刻薄的。”

“名流是不会喜欢你这样的女人的。”他扮个鬼脸，“你太活泼，太有意思，人家要的是洋娃娃……”

我一个枕头摔过去。

“你累了。”他笑道。

我是累了，所以来探望他。

与老史在一起，犹如与兄弟一般，我喜欢他这个伴，每年我总到英国陪他一星期，历年来他也到香港，但不到半日，他就被人群挤得怕。

“嫁给我。”他说。

“到香港来。”我说。

“我怕香港多过爱你。”他说。

所以我一直没嫁他。

你让我离了这个地方，活得再无忧无虑、自由自在，我也不觉得有什么人生乐趣。

我已经习惯了香港，人踩我，我踩人，穿着漂亮名贵的衣服，挽着鳄鱼皮包，开着跑车挤着交通出去搏杀，下了班扎俱乐部夜总会，周末坐游艇，学开飞机，听音乐会，与名男人约会。

或者是无聊的吧，但那种热浪与繁忙使我排解了时间，我拒绝我也不能够再过清静简陋的生活。这条路最终走到什么地方，我也并不知道，呵，人在江湖，身不由己。

老史问我：“你的薪水加到什么地步了？”

“刚够花。”我木着脸。

“朝老板眨眨眼不就可以加了？那些洋老头看见你巧笑倩兮，骨头都酥了一半。”他夸张地说，“你爱加多少薪水便加多少。”

这么容易。我两手叠在胸前，不出声，有这么容易吗？

我有数星期的时间来思考前途问题。

当务之急是换了泳衣到温德米尔湖畔去躺着晒太阳。

我跟老史说："走吧。"

"把我当小白兔？我不去。"他赌气。

"你不去在家干吗？"

"改卷子。"

"嘿！"

我自己去了。

躺在码头长条木上，铺块毛巾，我听到洋人对我吹口哨，于是微笑。女人总喜欢这样原始直接的赞美。我将眼睛睁开一条缝，看到一艘白色小游艇，约三十余尺长，上书"莉莉白"号。

我转一个身。

太阳照在我背上温暖温暖，一只强壮的手按在我肩上，我跳起来。

"喂，是我。"老史的声音没那么好气，"吃饭了，你在这里都快烤焦了。"

我懒洋洋地说："有人朝我吹口哨呢。"

"得意得那个样子！"他说。

我们结伴回家，他已煮好了晚餐。

我笑说："结婚后你就不会如此服侍我了。"

我将米老鼠表取出送他。

"啧啧，这算是订婚礼物吗？"他问。

"这顶适合你，你是他们其中之一。"我说。

"去你的。"他说，"你才借童话及卡通生存呢，哼！"但他开心地戴上了那只表。

我哈哈大笑。

啊，跟老史在一起是快乐的，这么可爱的男人，我何必要将他变成一个丈夫。

我何必要将老史变成一个丈夫，以柴盐油米酱醋逼得他无立足之处？我有赚钱能力，不必做这等伤天害理之事。

这是我真正的假期，我想。

半夜自梦中惊醒，大叫。

老史扑过来："什么事？"

我怔怔地："梦见我老板对着我吼。"

他没好气："你自己喜欢这种生活，我有什么法子？"他蒙眬间只穿一条内裤。

我笑了，吹一下口哨。

他喃喃道："这年头的女人……简直叫人不敢娶老婆。"他生气而难为情地回房去。

我点起一支香烟，静静地吸。

可爱的孩子、体贴的丈夫、安乐的生活，谁不想呢？深夜，美月，浪漫的湖边，树叶婆娑，在这一刹那，我想过去拥抱老史说："我们结婚吧。"

但连史努比都说："半夜三点半所想的事与清晨八时所想的事太不一样。"

我决定明天再想清楚。

第二天我与史蒂芬到街市去买海鲜，走过首饰店，他说"等一等"，进去买了副耳环，替我戴上，我感动了，整天用手挽住他。

傍晚一起坐在木码头上看风景，那艘"莉莉白"尚停泊在湖中心处。

史蒂芬跟我说："到冬天，这里下的是鹅毛大雪，银色一片……”

我温柔地把头靠在他肩膀上，不知怎的，忽然之间他生气了，推开我：“你这个头，乱靠乱靠，人尽可夫！”他霍地站了起来。

我怔住，骂他：“你疯啦？”

他吃醋了，老远指着我说：“你有什么贞操感？见人说人话，见鬼说鬼话，‘老史老史’叫一千声也不管用，没一点诚意。”他转身走了。

好家伙，简直要收买我的灵魂嘛。

不要去睬他，过一会儿就好了。

多么好的风景，上主呵上主，我是否应该嫁给史蒂芬？

我转了一个身。

就在此刻，我看到“莉莉白”号像一只模型船被捏碎一般，迸散开来，电光石火之间，化为一片火海，几乎是一两秒钟间，就听到“轰隆隆”的爆炸声，震耳欲聋，强烈的热气浪向我侵袭，几乎把我卷下甲板，乌烟火舌把整艘游艇吞没，一切化为乌有，碎骸被炸出老远，有些就落在我身体上，打中我身体，发出激痛。

我震惊过度，呆得发不出声音来，非但没有伏下，反而站起身来。

木条码头被震得上下浮动，我几乎站不稳，正在此时，有人捉住我双足，我蓦地尖叫起来，低头一看，那双手全是血，人头！一个人头冒出水面，微弱地叫："救命！救命……"

我本能地拉住他，惊慌中看到"莉莉白"号沉下，余下残骸漂浮在湖面。

"帮助我！"那人微弱呻吟。

我跃下水去，托起他的头，吓得心突突跳。老史，该死的老史，该死的男人，需要他们的时候，他们永不在身边。

我把伤者扶上岸，他大腿受创，血涔涔而下，我害怕得不得了，用毛巾轻轻遮住他，问："你没事吧？"

远处已有救护车与警车的号角传来。

"没事了，"我安慰他，"没事了。"其实是说给自己听。

号角车还没到，已有穿制服的人员吆喝着赶到。

他们奔过来："小姐，你扶着的是何人？"

我张大了嘴巴，呆瞪他们，我不知道是谁。

他们走到我面前，朝伤者一看，低嚷："感谢上帝，他平安呢。"自我手中接过伤者。

又有人问："小姐，你有否受伤？"

"我没事。"我说。

大队救护人员已经赶到，一队队的警察。

"我只是游客，"我结结巴巴说，"我什么也不知道……"

"你的手亦受伤了，随我们到医院去。"

"可是，可是……"

可是没用，我被他们带到医院敷药、录口供，弄到半夜，再由警车送我回老史家。

老史在门口踱步等我，本来满脸怒容，见到警车，因诧异而睁大了眼。

我筋疲力尽，因受惊吓，呜咽地说："老史……"

"怎么了？怎么了？"史蒂芬抱住我，"我只离开你十分钟，你这个女人！"

警官向我说："小姐，多谢你合作。"向我敬个礼，开车走了。

史蒂芬给我喝白兰地压惊。

“你真叫我急死了。”他还责备我。

我喃喃说道：“那么大一艘船，忽然之间爆炸，只有一个生还者，太可怕了，史蒂芬，我要回家去了——”

“说些什么呢？这是意外，”他急道，“全世界都有交通意外呢……”

可是那么大一艘船……我呻吟，这样的意外足以使我精神崩溃。

一连三日，老史的平房外都有警察巡来巡去。

我决定走了。

老史送我到伦敦乘飞机，千里送君，终须一别。

这次格外依依不舍。

密密的毛毛雨下着，我们吻别，他说：“下次我会成功。”

对于他的诚意，我至为感动。

我狂怒，将一大沓文件扫到地上，跟女秘书说：“下午我告假。”抓起手袋，抢出门去。

南施一把拉住我：“宝琳，看开点，你这个人，七情六欲都搁在脸上，就这点吃亏。来，我们去喝杯咖啡。”她挟着我出去。

在咖啡店内，我再也忍不住，向她诉苦：“大姐，你想想这件事是否公允，升他不升我，他啥资历，我啥资历，就因他一半是白人？阴私刻薄，又不得人心，同样两个人并排摆一起，大姐，你挑选谁？这次我辞职是辞定了，我忍也忍够，做也做够，五年来我等的就是这个职位，老板定要剃我眼眉毛，今早你有没有见到那杂种的表情？我忍无可忍！”

忽然之间我无法控制眼泪，用手帕捂住了脸便哭起来。

南施叹口气：“宝琳，你也太好强了。”

“我凭的是真本领！”我大声说，“下的是真功夫，我放着大好的对象不结婚，挨着这一份鬼差，为的是什么？”

南施说：“‘塞翁失马，焉知非福’，休息一会儿，把自己的前途想想清楚。”

我心灰意冷，擦干眼泪。

“打个电话叫他来同你结婚吧。”南施笑说。

“在这个关头，还同我开这种玩笑。”

“索性我也请了假，送你回家，来。”

“大姐，”我说，“也只有你一个人对我好。”

南施说：“因为你像我小时候。宝琳，做人锋芒毕露是不行的，你多早晚才改呢。”

我不出声。

到了家，我取出打字机，立时三刻写好辞职信，指出老板这次在升职方面未给我公平的待遇。

南施看了信，放下说：“写是写得真好，但何必不给自己留余地呢？”

“你替我带回去，我有四个星期的假可以扣除，余下一个月，我赔钱给公司，这点点薪水，我还拿得出来。”

南施摇头。

电话铃响了，她代我接听，代我回答，说：“她不在家，她不舒服，去看医生。”

“谁？”我问。

“还不是阿尊阿积，来约你去看戏、跳舞的。”南施不经意说。

我倒在床上，五年来的心机……

早知如此，不如结婚算了。

我躺在床上呻吟。

南施拿起手袋走的时候说：“这是名副其实的无病呻吟。”

她会替我把辞职信带给老板。

我但觉心力交瘁，随时会暴毙，只好按熄了所有的电灯，埋头大睡。

醒来时大雨滂沱、雷电交加，我起床关了窗，忽然觉得寂寞孤单，苦不堪言。

不如嫁人算了，我一刻也耐不住，写了一封信给史蒂芬，冒雨驾车到电信局去把信传真出去。

回到家，电话铃不住地响，我不去理它，蜷缩在一个角落，按亮了电视。

我只希望史蒂芬在我身边，多年来关心我的唯有他与大姐。

我没精打采地想：苦海无边，回头是岸，强人生涯原是梦，我还要挨多少次打击，才可以达成愿望？

史蒂芬永远不会明白，单身女人出来做事，除了挤媚眼外，实在尚需要真功夫。

我躺在床上听雨听到天明，早晨七时闹钟如常大响，顺手按熄，不用上班，显得手足无措。

做些什么好？我茫然问自己。

做个早餐吧。

胡乱煎了两只蛋与香肠，煮了咖啡，取过早报，摊开在桌前。这不是我，有些什么不对了，我是这么空虚彷徨，这不是马宝琳，马宝琳应永无软弱的时候。

我扭开无线电，唱片骑师的声音清脆响亮地传出来，咦，这时候应该坐在车里呢，怎么还木坐在家？

多年来我已失去思想的本能，我已成为上班升职的奴隶。为的是什么？换来的又是什么？在某一座建筑物内的某一间公司里展露我的才华是否就证明我有生存的价值？

我用手支撑住额角。门铃响了。

我去开门，门外站的是南施，她瞪着我问：“为什么不听电话？”

“是你？”我问。

“废话。”她进屋子，放下手袋，道：“老板找你。”

“找我干什么？”我厌恶地说，“我是不会回去的了，他若有不满意之处，可以给我律师信。”

“他神情很古怪，无论如何要我找到你，焦急得很呢，你说是不是奇怪？”

老头一向泰山崩于前而不动于色，我好不明白。

“来，算是给我一个面子，”大姐说，“跟我走一趟，还有，他把辞职信退还给你。”她把信放桌子上。

“咦？”老头是从来不挽留任何人的。

“换衣服吧。”她说。

我呆呆坐在早餐面前，忽然之间兴致索然，这场仗我已不愿意再打下去。

“累了？”大姐太了解我。

我摊摊手：“真不知道你是怎么爬到那个位置的。”

“我没退路，”她微笑，“你至少尚有父母留给你的房子、首饰，我有什么？我一回头就掉阴沟里了，我能不走下去吗？”

“你现在也出头了。”我说。

“废话，老板还有老板的老板呢，工字不出头，多大的帽子也没用。”

我笑：“干吗不筹钱街边卖咸脆花生去？自己是自己的主人。”

“你以为我不想？”南施叹口气。

我换衣裳。“我是决定结婚了。”我说。

“那男孩子很好。”南施赞美地说。

“史蒂芬？谢谢你。”我取过外套，“来，看看老头有什么话说。”

到了办公室，还没见到老头，但女秘书却如获至宝，松了一大口气：“好了，好了，马小姐来了，马小姐，老板找了你一整天，急得像救火车，快进去吧！”过来挽着我手，怕我逃脱似的，我受宠若惊，什么时候变成一只凤凰了？

以前我会觉得自豪，但现在，我只觉可笑，太迟了，我已决定从良了。

我推门进老板房间，老头竟然在那里擦汗，我非常诧异，这外国老头老奸巨猾，第二次世界大战时当过将领，活到现在，统率着这么大的财团，什么没见过，我没见过他流汗失措。

我不待他请，便去坐在他对面。

“我辞职了。”我豁出去说。

“这是误会，宝琳。”他说，“你回来就好商量。”看得出他暗暗松一口气。

我脸上禁不住的狐疑之色，他从来不解释误会，香港中环人浮于事，谁跑了都不要紧，管理科学系学生三千块一个，个个都能干，个个都愿意趴在地上服侍老板。

这不是他。

老头说：“宝琳，你太冲动，我升奥哈拉，不表示不升你呀！”还直擦汗。

我断然说：“来不及了，我不喜欢这个人。”我蛮有兴趣，这件事后面大有文章。

“宝琳，无论如何，你要做下去。”他站起来。

我吓一跳，他简直在恳求我了。

怎么回事？“为什么我定要做下去？”

“因为……因为我打算调走奥哈拉，你不会再见到你不喜欢见的人，因为董事局一定要你在这里做。”老头说。

“但是我不想再做了，五年来我都坐在那个助理督导的位置，直至昨日下午为止。我要结婚了。”

“天呀！”老头面色灰败。

“为什么非我不可？”我忍不住问。

老头按桌子上的通话机，跟女秘书说：“快请史密夫先生！”

他自己跑去拉开了休息室门，毕恭毕敬站在那里。

这贼老头，莫非真是大老板到了？他吓得那样儿，妈的，平时越是会作威作福的人，见了比他强的人就越是卑微，天生贱骨头。

我坐在那里动也不动，静观其变，我在这种关头才发觉自己过去实在付出太多，老史一直是对的，我这样子牺牲自尊、精力为的是向上爬，可是我到底想爬到什么地方去呢？

贰·

结婚是女人的最终避难所，不错，但至少两人之间还得有爱情——我可爱史蒂芬？

休息室里并没有走出一个怪物。

那是一个年轻男人——棕色头发，浅色眼睛，中等身材，并没有什么出奇之处，穿一套深色西装、白衬衫、丝领带，他双眼长得太近，鼻子太大，并不英俊，但浑身有股说不出的高贵威仪，温文可亲。他一走出来，气氛立刻缓和了下来。

我说下去："你们轰走奥哈拉也不管用，我不干了。"我站起来，"再见。"

那年轻男人走过来，"马小姐？"他伸出手来。

"是。"我答应，"史密夫先生？"我与他握握手。

"但是马小姐，你必须要与我们工作。"他的语气坚决但温和。

我对他颇具好感，因此笑问："可是我决定不做了。"

"我们会除去奥哈拉，你请放心。"他流利地说，"升你坐那个位置，如何？"

我缓缓地说："我要想清楚。"

"很好。"他立刻说，"放你两个星期的假。"

我笑了，伸出手来："先生，与你交易真是非常愉快，我会仔细考虑。"

他微笑，他的脸给我一丝熟悉感，我犹疑了一刻，但他们外国人的面孔看起来完全一样。

我说："我先走一步。"我站起来："两位再见。"

但是史密夫先生一边替我开门，一边问："马小姐，你可有开车来？我送你一程如何呢？"

哦，吊膀子了。

"马小姐，此刻是吃茶的好时间。"他仍然和蔼温文地建议。

我失笑："但我从来不与外国人吃茶。"

他马上说："不可以破例吗？"双手放在背后，彬彬有礼。

我完全不晓得应该如何推辞他，只好耸耸肩："那么好吧，只喝一杯茶。"

他莞尔，非常有度量的样子。

我心中不禁有气，洋人见得多，相信我，外国小子的尾巴动一动，我便知道他们的脑袋想些什么，但是这一个，这一个却使我疑惑。

在休息室里，阿嬷替我们倒来了茶。我俩静静地坐在那里。

他有重要的话要说，我知道，我觉察得到。

什么话？我并不认识他。

他开口，头一句话竟是："马小姐，你是一位非常美丽的女子。"

我怔住。

他的语气是那么具感情够诚恳，以至于我没来得及出言讽刺他。

"我第一次见到你的时候，感觉你像上帝派下来的天使。"他丝毫不带夸张地说出这样夸张的话。

“你用词太浮夸，情操太古老，都过时了，”我拿起手袋，“我是一个普通的白领女子，朝九晚五，做一份苦工……现在还失业了。”

他仍然笑。

我看着他：“你的面孔真熟，我一定在某处见过你，或许是你的高鼻子——你有没有想过去咨询整形医生？”我开玩笑。

“我的鼻子？”他摸摸鼻子，“斗胆的女郎，竟批评我的鼻子。”他半恼怒地说。

我假装大吃一惊：“对不起，先生，我一时无意得罪你了……”

他静下来凝视我：“天呀，你是这么淘气的一个女郎。”

我深叹一声，伸伸腰：“詹姆斯，见到你真好，但我还是决定嫁人退休了，昨夜我寄出一封长达数页的电报，让我男朋友回来商量大事。”

“你的男朋友？那个住温德米尔湖的家伙？”他懊恼地问。

“慢一慢，你仿佛什么都知道呢。”我指着他的鼻子。

“你在湖区卡美尔警局做的口供，起码有十个警员听见。”他笑说。

我颓然，拍一拍大腿：“啊，是。”还以为抓到他小辫子呢。

我又抓起手袋。

“下次到香港来的时候，打电话给我。”我跟他说。

他坐在会议桌子一角，摊摊手问：“我不能约你去吃饭吗？今夜你没空？”

“我不喜欢与洋人上街。”我拒绝说。

“思想开放点，”看不出他也挺幽默的，“是二十世纪八十年代了。”

我拉开门，又转头说：“你的面孔真熟，大概是你的招风耳——”

他在我身后怪叫：“招风耳？她现在又讽刺我的耳朵！”

我在走廊遇见南施。

她拉住我：“听说你坚决不做了？”

“咦，我自己也是刚知道，消息传得真快。”

“死相。”她说，“老板赔了奥哈拉六个月薪水，叫他明天不用上班。”

“大姐，”我呆一呆，“你有没有听说咱们董事中有一个叫詹姆斯·史密夫的人？”

她闭上眼睛，像电脑在搜索寻找资料，然后睁开眼睛说：“没有。”

“你有没有看见那个‘大鼻子招风耳’？他就是史密夫。史密夫像个假名字。”我咕哝。

南施笑答：“反正不做了，你还理那么多干什么？我替你查了告诉你。”

我推她一下：“你听见我不做了，仿佛很高兴呵。”

她坦白地说：“自然，少一个劲敌，你跑得那么快，谁晓得你什么时候追上来？”

我也笑了。

“回家干什么？”

“等史蒂芬的电话，看武侠小说。”我走了。

我仍觉得寂寞，买了一个蛋筒冰淇淋，站在衣料店橱窗处看风景，花团锦簇的布料，缝成一套套的衣裳，都适合新娘子穿，我终于要结婚了，改天出来光顾这一家店。

在路上踌躇半晌，还是回到公寓。女佣已经来过，公寓十分洁净，我站在露台嚼口香糖，天气非常温暖潮湿。

以后的日子怎么过呢？史蒂芬是否会立刻赶来？他会是一个好丈夫、好父亲吗？我只觉得无聊。结婚是女人的最终避难所，不错，但至少两人之间还得有爱情——我可爱史蒂芬？

电话铃响了，我过去听，心头难免有点紧张。

英国长途电话。

“史蒂芬？”我问。

“不，我不是史蒂芬，马小姐，我是他朋友，昨天你寄来的电报，我怕是急事，拆开来看过了，史蒂芬放假，他到撒哈拉去了，要下个月才回来，我会设法联络他。”

我顿时啼笑皆非：“撒哈拉！”他为什么不去地狱！

“喂喂？”

“我明白了，”我只好说，“麻烦你尽快联络他。”

那边说：“是。”挂断了。

求婚信都让不相干的人看过了，真倒霉！

下个月才回来，好小子，下个月我又不嫁他了，千载难逢的机会，他竟够胆错过，我气苦，他以为他是令狐冲，我还等他一辈子呢，谁要当这个任盈盈。

我跌坐在沙发里，几乎没有放声痛哭，我还以为老史在明天早晨就会赶到香港，出现在我公寓里，让我靠在他的肩膀诉苦呢。

该死的男人，需要他们的时候，一个都不在身旁。

撒哈拉！愿沙漠毒蝎送他上天堂。

我丧气得不得了，一点儿斗志都没有，上惯了班的人，一旦闲在家，苦不堪言。

贱骨头！

也许可以替仙人掌们换个盆，但它们会不会因此暴毙呢？我犹疑着，如此潮湿天气已经对它们无益。

拿了铁铲出来，门铃响了三下。

我连忙去开门，即使是抄电表的人也好，可以说几句话。

打开门——“詹姆斯！”我欢呼，“你呀！”

詹姆斯意外，朝身后看看，奇道：“你态度大不同呀！怎么对我亲密起来？”他手中还拿着花束呢。

我赶快开门：“我闷死了。”

他笑着进门来。

“请坐，哪一阵风把你吹来？”

“我诚心来约你。”他奉上鲜花。

那是一大束白玫瑰与满天星，漂亮得叫我侧目。

“呵，詹姆斯，你是个好人，”我说，“我没收花已有多年了。”

“多年来你不肯做女人，哪个男人敢送花给男人呢？”

“你真幽默。”我白他一眼。

他双手收在背后，打量我的公寓：“地方很不错，布置得很清雅。”

“谢谢你。”我给他做茶。

“你一个人住？”他问我。

我朝他眨眨眼：“星期一至五是一个人，周末两个人，有时开性派对。”

“哦，上帝！”他笑道。

“好了，詹姆斯，告诉我，我应该怎么办？”我把双脚搁在茶几上。

“我不知道，”他滑头地说，“你又不让我接近你，我如何忠告你呢？”

我用手撑着头：“你先说，你是谁？”

“我是詹姆斯·史密夫。”

“这我知道。”我换一个姿势坐。

“我在剑桥念大学。”

“什么程度？”我咻咻嘴。

“学士。”

“蹩脚。什么科目？”我一点面子都不给。

“历史。”他尴尬得要命。

“嘿！”我装个闷样，“那么大块头的男人，什么不好读，去读历史，你的时间用在什么野地方去了？平常有嗜好吗？”

他反问：“你说话怎么唇枪舌剑的？”

我抿住嘴笑。

“难为人家还说‘中国娃娃’呢，”他嘲笑，“你哪一点像娃娃呢？”

他说中了我的烦恼。是，众人眼里，我是一个最最精明、永不出错的女人，视男人如草芥，一开话盒子机关枪就把他们扫在地上，可是我也有七情六欲，社会一方面嚷着要女人独立能干，一方面又要求我们痴憨如娃娃，这真是……

我露出顾忌彷徨的神色来。也许真该嫁史蒂芬，只有他有接纳我真人真面孔的度量。

詹姆斯探身前来问："你怎么了？"

我摇摇头，装个鬼脸。

"有什么不开心的事，与我说清楚，我来帮你。"

"我并没有具体的烦恼。"

"那么我们出去走走。"他建议说。

"你以前到过香港？"

"一次。"他说。

"有什么印象？"我问。

他犹有余悸："吃过蛇肉。"

我微笑："你看过《功夫》电影没有？"

"电视上看过。"他说。

我诧异："你也算是个有钱的公子爷，干吗晚上坐电视机前面？”

“哪里约会去？”他说，“你又不肯跟我走。”

“没有女朋友？”

“最近订婚了。”他说，“情况比较好一点。”

“啊，恭喜恭喜，”我说，“那为什么你尚有这副无聊相，这桩婚事不理想？”

他沉吟一会儿：“也不算不理想。”

我笑，真吞吐：“那么就算是理想的了。”

“是家人安排的，”他说，“我老子说，再挑下去，就找不到老婆了。”

我哈哈大笑：“你老子倒也幽默，来，詹姆斯，我破例与你出去散散心，我瞧你也跟我一般寂寞。”

詹姆斯站起来就预备走，我说：“下次任凭你是主子，也得洗了自己的杯子才准走，第一次当你是客人，算了吧。”

他呆住了。

可怜的洋小子。

我驾车与他到郊外，在倒车镜看到一辆黑色的宾利盯着我们良久，便问他：“认得后面这辆车子吗？”

他看一看：“是我的车与司机。”

“怎么……”我既好气又好笑，“不放心我？怕我非礼你？”

他斜斜看我一眼，不作声。

“我仍觉得你面熟，”我说，“现在很少年轻人仍坚持穿西装了，你不觉得拘谨？头发那么短，像纪律人员……”

他忽然扼住我的脖子，我尖叫了起来。

“你这小妞，别以为你救过我一次就可以尽情糟蹋我，我受够了呀。”

我大叫：“兄弟，你镇静点，我在驾车啊！”车子大走“之”字路。

后边的宾利吓得连忙响号。

“浑球！”我骂他。

“从来没有人敢骂我浑球。”他气。

“你家里人把你宠坏了，可怜，”我看他一眼，“你家到底是干什么的呢？”

他用手撑着头：“大企业。”

“你是继承人？”我问。

“是。”并不起劲。

我把车停在近沙滩的山坡：“看。”

他一看之下马上赞叹，低声地说：“啊，这真太美了！”他打开了车门要下去走走。

我不忍扫他的兴，陪着他。

他说：“我可还没见过这么美的沙滩。”

“这叫浅水湾，”我告诉他，“当年在这里打过仗的‘Repulse’[1]舰就在这里被击沉。”

我靠着车窗：“这是我最心爱的沙滩，走遍全世界，没有一处更美丽。早晨下雨的时候，在那边的酒店长露台吃早餐，坐一两个小时，常令我觉得，活着还是好的，我向每一个人推荐此处。”

他并没有转过头来，却问我道：“特别是男朋友？”

我笑答：“是，特别是男朋友。”

他栗色的短发被风吹起，背影看上去相当寂寞。

“从来不曾有人带我到这种地方来过。”他惋惜地说。

---

[1] Repulse：意为击退，“Repulse”舰即英国“击退”号战舰。

“每个人都可以来。”

“那种大红花的树叫什么？”

“影树。”

“这是我理想中的东方情调：艳红的花，深绿草地，晴空万里，捕鱼的女郎有蜜黄色的皮肤与你这样的面孔。”他仍没有转过头来，声音里却充满了渴望。

我不出声。

海水滔滔地卷上沙滩，远远传来人们寂寥的嬉笑声。

“但我来过香港，失望的是人们英语说得太好、太做作，市容过分繁荣、整齐、匆忙……”

我既好气又好笑：“向往洋人们心中落后的中国……你太离谱了。”

“你难道不向往以前的日子？”他转过头来，眼珠是灰蓝色的，“宁静动人。”

“想是想的，但我不是一个很浪漫的人。”我说。

他叹口气。

“你这次住什么酒店？”我问。

“朋友家。”

我吸进一口气，空气清新润湿。

他家的司机自宾利走出来，与他轻轻说了几句话，他点点头。

“有事吗，詹姆斯？”

他说：“有一个宴会，要回去准备一下。”

“别客气，那你先走好了。”我说。

“我不想去这种宴会。”他懊恼地说，“我情愿与你闲谈，我觉得你是唯一会对我说真话的人。”

“别孩子气，”我微笑，“来，一起走吧。”

他上了司机的车子，我自己开车，我们在岔路上分手，我恶作剧地给他几个飞吻。

回到公寓，煮了即食面吃，南施来看我。

今天真累得筋疲力尽，我简直乏力招呼她，任她在一旁发表意见，我只捧着碗吃面看电视。

电视新闻报告：“王子今次途经香港做非正式访问，将逗留数天，随即返国……”

南施随即关掉了电视：“真无聊，有什么好看？”

我白她一眼，干涉我自由。

“我跟你说话，你听不听？”

我三扒两拨吃完了面：“我累了。”

“叫你好好地做人。”她说。

我打个哈欠：“你查到那个‘招风耳’是什么人没有？”

“明天再说。”南施放弃。

“多谢你关心我。”

“宝琳。”

“什么？”我眼睛都睁不开。

“你少与那个‘大鼻子’上街，这些洋人没安着好心。”

“哼，”我冷笑，“你放心，外国人想在我身上捡便宜，没这么容易！”

“我是怕史蒂芬知道。”她说。

史蒂芬，我忽然想起超现实主义名家卢梭的画：棕色的色调，一个女人躺睡在沙漠中，身边一条狗也在睡。史蒂芬会不会睡在沙漠中，抑或在摩洛哥看肚皮舞？这傻蛋，他什么都做得出。他没想到的是，虽然他等了我九年，此刻我却在等他。

“他会明白的。”我说。

“别当他太大方。”南施警告说道。

“知道了。”

南施说：“睡前听一首《热情的沙漠》吧。”

在我的白眼中南施走了。

女用人却打电话来说：“马小姐，明天我家有点事，我不来了，后天替你补回工时。”

屎！我心想。我最畏惧的时刻终于来临，没有什么比用人请假更能震撼现代女人的心。

但斯佳丽说的：明天又是另外一天。

我蒙头昏迷在床上。

门铃大作的时候，我睁开眼睛一看，九点半，一心以为女佣回心转意，大乐，连忙跳起来，连拖鞋也来不及穿就赶去开门。

一拉开门。

“你呀，‘招风耳’。”我失望。

“你以为是谁？魅力王子？”他笑问。

“这么早！”我擦眼。

“嘿，你没化妆，看上去小了十岁。”他很愉快。

“这种恭维，我受不了。”我问，“你来干吗？天天来，要不要替你在这里放一张办公桌？”

他递上花，我接过，打个哈欠：“人家会以为你追求我。”

他看着我：“你穿布睡衣别有风味，有点像娃娃了。”

“你会不会做咖啡？厨房有工具，请动手。还有，用人告假，你把那些隔夜杯碟给洗一洗。”我又打一个哈欠。

“喂！”他嚷。

“嚷什么嚷的？”我凶巴巴地说，“到朋友家，不帮忙，行吗？”

“那你又做些什么？”他不服气。

“我？我要洗头洗澡，一会儿熨衣服——干吗？”我没那么好气。

“嘿！”他走进厨房。

我开了热水莲蓬头大淋一番，啊，活着还是好的，多么舒服！

我换好衣服到厨房去探访詹姆斯，只见他满头大汗，卷起袖子在那里操作，咖啡香喷喷地在炉上。

我倒了一杯喝：“不错呵，奴隶，加把劲。”

他不怒反笑："要不要拖地板？"他问。

"咦，换了运动装？正好熨衣服是最佳运动，没做过家务是不是？你真好福气。"我拍拍他肩膀。

他摇摇头，拿我没辙。

当我熨衣服的时候，他坐在一边凉风扇。"嘘，"他边喝咖啡边说，"真辛苦。"

我笑："流过汗的咖啡特别香。"

"所言不谬。"

我大笑。

"你是多么自由。"他忽然说。

"并不见得，"我说，"我有我的束缚，我是名利的奴隶。"

他不响。

"你也相当自由呀，"我说，"未婚妻并不管你，你可以天天带花来探访低三下四的东方女郎，可恨我不是捕鱼的疍家女人。"

他很困惑："都说东方女人有传统的温柔美德。"

"失传了，抱歉。"

"那也不必屡屡羞辱我。"

“我说的都是事实，你还向往咱们在唐人街开洗衣店的日子？随地吐痰，提防小偷，当经过跳板时应小心——是不是？”

“尖牙利嘴。”

“那是小女子的看家本领，不使将出来会不舒服。”我答。

詹姆斯白我一眼。虽然这个人洗几个杯子可以搞得满头大汗，但是他很高贵威仪、大方活泼，我很喜欢他。

“詹姆斯老友，”我温和地说，“你做人放松点，就知道我的幽默感实是我最佳素质之一。”

“我不知道，”他作放弃状，“不理你那么多了。伴游女郎，今天我们上哪里？”

“他妈的，竟对我无礼！”我骂，“好，今天我们去看舞狮子，完了在太白海鲜舫吃饭，再到湾仔请请吧喝酒，满意了没有？说你是浑球，简直没有错。”我狠狠踢他一脚。

他呵呵笑，笑得那个样儿！

该死的招风耳。

“好，你自作孽，你别想我再陪你出去，闷死你。”我挂好衣服，“不睬你。”

他忽然握住了我的手，贴在他脸边，嘴角带着微笑。

我悻悻地说："如此对待你的救命恩人……"

他轻吻我的手心。

我觉得不安，心中一动，连忙淘气地说："光吻手就叫我饶恕你？不行，要不吻我的脚背。"

"啊，你这个俏皮女郎。"他说。

"詹姆斯，你还要在这里留多久？"我问他。

"我是为你而来的。"他说。

"我想我们会成为好朋友。"我说，"你不枉此行。"

"没有恋爱的机会？"他也很滑头。

"爱情是很奇妙的一件事，"我说，"你少胡扯，有些人一辈子也不晓得爱情是怎么回事。"

他放开我的手说："不晓得也罢了，还不是照样结婚生子，毫不相干。"

"咦，"我第一次为他所说的话感动，"你倒不是蠢材，你倒是个明白人。"

他瞪我一眼："敢叫我蠢材的人还真不多。"

"我知道你那种生活。"我说，"可以想象得到，祖先大概搞点生意做，工业复兴时期封过爵，时下虽然经济衰退了，百足之虫，虽死不僵，死撑着场面，家里婢仆如云，‘是先生，是先生’地称呼你，大概还是独子吧，因此很唯我独尊，自小被培养着，如温室中的花，不知外界气温如何……是不是？”

“错了。”他说，“你并不了解内情。”

我说下去：“这样看来，我男朋友本领比你强得多，至少他可以混得一个教席，维持清高的生活……”

我想多赞史蒂芬几句，但想来想去，这人如此乏味，竟不知从何说起，我叹口气：“他是个好人。”

“这世界上好人是很多的。”詹姆斯提醒我。

“别扫兴好不好？人家好不容易决定结婚了。”

“你爱他吗？”詹姆斯问。

我改变话题：“在家他们叫你什么？詹美？詹姆？弟弟？小宝？”

他想一想：“塞尔斯。”

“塞尔斯？”我诧异，“为什么？”

“我的家在塞尔斯。”他微笑。

“啊，多么奇怪的称呼。”我说，“改明儿让朋友叫我半山马。”

他说：“宝琳，你也算是外国留学生，太老土了，啥规矩都不懂，就会说笑胡扯。”竟带点责备的语气。

我顿时委屈起来。“生活这么紧张，”我说，“叫我怎么正经得起来？谁要对着个愁眉苦脸的老姑婆？我一张嘴就对你诉苦，你受得了吗？你真相信我是个卡通人物？”

他不出声。

“我不比你，有人铺好了路等你走，我要自己伐木挖山开路的。”

他说：“你比我幸福多了，至少你有自主权，爱做什么可以做什么。”

“詹姆斯，哭丧着脸有什么用？如果你真的认为没有自由，脱离你的家庭，跑出来找工作，靠双手努力。”

“我表兄便做得到。”他叹口气。

“我看我们还是说些风花雪月的事儿吧，”我气，“我与你同病相怜，生活上都有解不开的结，多说无益，一下子就翻脸。”

“你觉得我这个人如何？”

“绝对不会令女人一见倾心。”

“公平点好不好？”

“我已经很公平了。”

“什么样的男人才令女人一见倾心？”他问。

我说：“成熟、风趣、英俊、有风度、有学识、有钱、体贴、细心。”

他看我一眼，不出声。

我看出他闷闷不乐，安慰他：“不要紧，詹姆斯，至少你有风度，你也很有钱。”

“谢谢你。”他白我一眼。

我坐在帆布椅上，喝冰镇啤酒，真没想到与洋人交上了朋友，三山五岳人马我都结交齐了，幸亏史蒂芬这些年来不在香港，否则他敢娶我才怪。

电话铃响了，我去接听。英国长途电话。“史蒂芬？”我急问。

“不，我不是史蒂芬。马小姐，我想告诉你，史蒂芬寄回明信片，他在卡萨布兰卡，我没把他联络到，恐怕要待他回来才能给你回信了。”

我气得噎住：“你跟他说，叫他不用回来了。”

那边只是笑。

我“啪”地摔了电话。

我不怕，我怕什么？今天晚上我请詹姆斯去看戏、吃饭、跳舞，我不信他不去。

我用手捧着头，思考良久，终于抬起头来，深深吸进一口气，勇气，马宝琳，勇气，必须提起勇气来。

我站起来，走到客厅，看见詹姆斯躺在沙发上睡着了，这小子。

我喝完啤酒，打开武侠小说，用垫子垫着头，埋头苦读。初夏温暖的天气，身体容易劳累，事事提不起劲来，躺一下就不如索性进入梦乡，我转个身，竟然睡熟了。

蔷薇泡沫。9

叁·

人们结婚对象往往是最近的那一个，而且为什么不？爱得越深，痛得越切，咱们是『君子之交淡如水』，好处多得很呢。

许久许久没有午睡的闲情，也许我不止精神疲倦，连身体也疲倦起来。

梦中隐约看到自己方大学毕业，双手抱着文凭，充满朝气地要出来改革世界，百折不挠，一切自底层干起，勇往直前。

我看见比较后期的自己，因受的挫折太多，已不那么乐观，事事得过且过，独独关心升级。

说真话，我比奥哈拉好多少呢？一般的市侩，一般会奉承上司，一般在复杂的人事关系中如鱼得水，我与奥哈拉是一个模子里印出来的现代产品，远远看去都才貌双全，实则都已成了机器人。

我又梦见自己成了铁金刚，双手可以发射火箭杀敌，像日本科幻卡通里那种，第一个被我杀掉的是奥哈拉，他浑身鲜血倒在地上，我向他狞笑，哈哈哈，哈哈哈，笑得像粤语残片中的歹角，一点血性都没有，可怕至极，我对奥哈拉说："明年今日，便是你的忌日，你自己学艺不精，可勿怪人。"笑完后我仰天长啸。

"宝琳，宝琳——"

我蓦然睁开眼睛："谁？什么事？"

詹姆斯的面孔在我眼前，他说："你魇住了，我从来没见过一个人睡觉也花那么多气力，咬牙切齿的，你做什么噩梦？"

"杀人。"我虚弱地撑起身子。

"啧啧啧，暴力暴力。"

我说："詹姆斯，倒杯茶给我喝，我口渴。"

他略一犹疑，便去倒茶，递在我手中，我仰着头喝干了。

他关心地问："你没事吧？"

"没什么事。"我摇摇头。

“放松，何必紧张，看看我们的国家将要陆沉，我们还不担心呢，你何须忧虑？”他扮个鬼脸。

多年来只有我扮小丑引别人欢笑，他是第一个引我发噱的人，我忽然悲从中来，像留堂的孩子有家长来接，立刻崩溃，我顿时一声哭起来。

“喂喂喂，你怎么了？”詹姆斯手忙脚乱，“你怎么了？有什么话说出来，别哭别哭，我答应帮你忙，你放心，我必然尽力而为。”

“我要钻戒、别墅、汽车！”我擦眼泪。

他气结：“你这家伙。”

我放下手帕：“有人敲门，咦，他为什么不按门铃？”

“啊，是我家司机，”詹姆斯朝我眨眨眼，“我叫他们别按铃。”

“你是说这些时候，他一直等在门外服侍你？”我问。

“自然，他是我的司机。”

“太过分了，多么苦闷的工作。”

“相信我，宝琳，”他叹口气，“比起我的工作，他那份不算一回事。”

他去开了门，低声与司机说了几句话。

他对我说："宝琳，我明日再来瞧你，你跟我说说你的苦水，看我能为你做些什么。"

"你的未婚妻在等你。"我嘲弄地说。

"目前还没有这么严重。"他轻吻我的脸。

"招风耳，你可要记住，我救过你的性命。"

"喂，于人有一点点恩，也不能这样老提着。"

"为什么不提？"我瞪眼，"枪林弹雨冒着生命危险把你救下来，怎么能不提？"

他摇摇头："拿你没辙，自己当心，好好休息。"

"詹姆斯——"

"什么？"

"明儿记得再来说笑话给我解闷。"

他点点头，司机走在他前面，他走了。

我关上门。

我最反对东方女人同外国男人来往，再无过犯的女郎看上去都与横滨的吧女差不多，可是我自己忽然之间对詹姆斯表露了这样大的好感，为什么？我不能解释。

门铃响得很急，莫不是他忘记带什么？我赶紧拉开门，门外是一位外国绅士，见了我，他咳嗽一声。

我扬起一条眉，没因他是洋人而对他礼貌一点，很平静地问：“找谁？”心里多少有点数目。

“马宝琳小姐吗？”他又咳嗽一声。

那种不是真正的咳嗽，而是说话时的一种习惯，他有点尴尬相。

我说：“我正是。”

“詹姆斯·史密夫先生在吗？”咳嗽。

“司机刚刚接他走。”

“啊，然则我能否与马小姐谈谈呢？”他问我。

“我不认识你。”

“我的名字叫惠尔逊。”

“我仍然不认识你。”我耸耸肩，“三万个外国人都叫惠尔逊。”

“我是詹姆斯在香港的监护人。”他解释。

“你有话跟我说？”

“是，关于詹姆斯的一些事。”他说。

“好，你请进来。”我叹口气，“如果是《茶花女》对白，我想你可以省下，我认识詹姆斯才三天，我们没有感情。”

老头子微笑。

忽然之间我脸红了。

他问：“我可以向你讨一杯中国茶喝吗？许久没喝到好茶了。”

但是我的茶也不过是超级市场里买回来的，所谓龙井，五块钱一大罐。

我泡了一杯茶，放在他面前，他喝了一口说：“我在重庆住过一阵子。”

我笑：“我还以为你跟八国联军到过北京。”

他一怔，随即笑道：“我年纪还没有那么大。”

“惠尔逊先生，你想说什么呢？”

“我们都知道，你救过詹姆斯。”他慎重地开始说。

“何足挂齿。”我看着他。

“詹姆斯已经定亲，他将在九月完婚，对方的家世与他很相配。”

“很好呀，可是你把这件事告诉我有什么用？”

“詹姆斯不是自由身了。”他说道。

“你去提醒他呀。”我恼怒地说。

我恼怒：“我跟你说过，无论大仲马小仲马都死翘翘了，你去问詹姆斯他是否是阿尔芒，你们废话可真多。”

“不不，马小姐，我是代表史密夫家属来向你表示一点敬意。”

“给我钱，快放下走。”

他尴尬地说：“不是钱……”

“嘿，原著里面说，叫茶花女离开阿尔芒，付的是钱，我还以为鸿鹄将至，我可不收银杯奖章。”气势汹汹地撑着腰。

“小姐……小姐……”他伸进口袋里的手拿不出来。

“什么？”

他终于说：“是我国最高市民荣誉奖章。”他取出一只金碧辉煌的十字勋章。

“见鬼了。”我叹口气，“有什么用呢？又戴不出去。”

“可是，这勋章不是容易获得的——”

我白他一眼："就给我这块破铜烂铁便想我以后不见詹姆斯的面？没这么容易，他是一个好伴侣，用人告假的时候非常有用，又会说笑安慰我，不换不换，你走吧，请放心，我俩之间只有友谊，没有爱情，我保证他九月份结婚，娶的是那位门当户对的小姐。"

"可是那奖章呢？"他急急问。

"搁这儿吧，瞧腻了还你。"

"可是詹姆斯——"

我已经把门关上。

这老小子，他以为他可以欺侮我。也难怪史密夫家起了恐慌，再民主也是假的，有家世的洋人，绝不接受东方人为他们家庭一分子，娶黄皮肤女人的不外是大兵水手。

我并不为意，即使史密夫家属派来使向我提亲，我还要三思而后行，多半拒绝他。嫁过去做王昭君？从来没这个兴趣。

我走到小露台，终于将几棵仙人掌转了盘，希望以后它们长得粗粗壮壮。

完了我约南施吃晚饭，已经晚上八点多了。

我们享受日本鱼生，我将一搭墨绿色的海胆放入嘴中，吃得津津有味。

南施替我倒温暖的米酒。

我摸摸胃：“帝王享受。”

她问：“联络到史蒂芬没有？”

“他到卡萨布兰卡主演《北非谍影》去了。”

“你们还结婚不结？”

“结是结的，”我说，“针无两头利，各有各的好处，结了婚，总有个人陪着说话，聊胜于无。”

“别说得那么悲观好不好？”南施叹息，“我若有了对象，一定尽心对他。”

“要不要在背上刺上‘精忠报国’？”

“撕烂你这张嘴。”

我说：“有了丈夫，百上加斤，不一定比单身好。”

“你现在好了，一边放假，一边等结婚。”南施说，“幸运之神一直跟着你……年轻、貌美、聪明、能干，占尽所有风光。”

我说：“一瓶米酒就令你失言了。”

“根本如此嘛。”

“你没长我的志气，倒确已先灭了自己威风，来，更尽一杯。”我一仰头喝得杯见底。

南施也轻松起来：“有时候大醉一场，也颇见情调。”她想一想：“就少个人扶回家。”

“你就快花痴了。”我警告她。

她笑吟吟地再吃下一块刺身。

我想了一想问：“你认为詹姆斯·史密夫如何？”

“我一直没见过他。”南施说道。

“你没见过‘招风耳’？”

“宝琳，你对他的态度很亲昵呵。”

我不以为然：“我与他很谈得来，如中小学同学般。”

“洋人，有点家世……借他的力来巩固你在这殖民地的商业地位，是一个好机会，他在政府里必定有点影响力，人家一句话，你就不必长年累月地等升级了，有便宜好捡就不必太清高，这是送上门来的一个机会。”

“可是我都快要结婚了。”

“婚后你还得活下去呀，你的生命难道到此为止？史蒂芬养得活你？他陪你两条灯芯绒裤子走天涯？我不信你那么死心塌地，他是个憨小子，人品是没话讲的，可是你总该知道你自己的脾气，如今你格局也摆大了，易放难收，经过奥哈拉之战，你就该懂得，凡事有个靠山，人家不敢欺侮你。”

我如醍醐灌顶：“是，大姐。”

“我这话只对你说，你是聪明人，不会讥笑我是机会主义者，下次你见到詹姆斯，别在口舌上占便宜调笑，弄清楚他的来龙去脉，让他助你一臂之力，以后出来混，就便当得多。”

“我晓得。”

南施干尽了杯中酒。

“你不愿嫁他，而他不能娶你，可是你们是好朋友，易说话。”

她抓起手袋付账。

我呆呆地回味着她说过的话。

忽然我心平气和起来，回家上了床，竟舒舒服服、平平安安地睡了。

詹姆斯说过不止一次，我有什么困难，可以找他诉说，我有什么具体的困难？没有，我的烦恼是欲平步青云而不得其法门，那么詹姆斯可以说是一阵风，能够稳稳地送我上滕王阁。

我既然有这个企图，又有现成的机会，我懂得该怎么做。

我对牢镜子练台词：“詹姆斯，你说过帮我的忙，我要的是一份不用上班的工作，年薪一百万，二十个月花红。”

或是：“詹姆斯，我救过你，你也得救救我，凭你的关系，割一块地给我，年期九九九，另外纯银七千万万两。”

太荒谬了。

正经点，马宝琳，正经点。

“詹姆斯，看样子我要做死一辈子的职业妇女了，詹姆斯，找好的工作很难，我虽是千里马，也需要伯乐，你可否凭你的关系，替我谋份好差事？”

这是比较折中的说法，我决定这样讲。

我是这样的虚荣，爱往上爬，出人头地，做风头，以致不能达到“人到无求品自高”的境界。

我很惭愧。

平步青云——这条路通往什么地方呢？

我困惑了。

詹姆斯来到的时候，我刚在盘算应如何把我准备好的词句表达出来，他先开口。

“惠尔逊那老货来过了？”他无限地懊恼，“他专门坏事。”

惠尔逊，啊，是，惠尔逊，我竟忘了。

“他对你说什么来着？”詹姆斯扶着我的肩膀。

“我原以为他会用钱来收买我，叫我离开你，谁知道他只出示一块七彩的破铜破铁，我搁那儿了。”我努努嘴。

“他有没有无礼？”

“没有，”我想一想，“也许有，我不知道，出来做事这么久，感情非常麻木，并不分得清人家有无刻薄我、怠慢我，有句俗语叫‘吃亏就是占便宜’，日子就是这么过的，怎么计较？”我苦笑。

“你仿佛受了很大的委屈。”他很痛心的模样。

“很大是不见得。”我微笑，双手抱胸前。每当我觉得要保护自己的时候，我便用这个姿势，在刚才一刹那，我觉得自己一点安全感也没有，随便什么人，爱上来侮辱我就上来了。

“惠尔逊是我们家老……老帮手，你别介怀。”詹姆斯仍然着急。

詹姆斯真是个好人。

我嗫嚅地说：“詹姆斯，你答应过会助我一臂之力。”

“是，”他关注地探过头来，“你说呀。”

因其态度诚恳专注，忽然之间我不觉得他为人古板迟钝，又长着招风耳、大鼻子了。

“詹姆斯。”

“说呀，”他很温柔，握住我的手，“不要紧的，如果你要我为你做牛做马，我会拒绝。”

我开口：“很明显，你来自一个有古老传统的国家，这次你特来探访我我很感激，但你的家人已开始担心——中国是神秘的国度，那女郎也许受过西方大学教育，但说不定她一样会落蛊——是以我想我们已受到了干涉，”我停一停，“我对你没安着好心肠，如果你做得到的话，”我的声音渐渐低下去，“可否答应一声？”

说完了我红着脸，自觉身价贬值：开口求男人，前所未有的事。

詹姆斯静静听我说完，非常失望地问：“就这么多？可是你不说我也都为你准备好了，凡是我家人面所到的地方，我都已一一关照过，只要你令牌一取出来，通行无阻。”

“是吗？”我抬起头问，“你已经封了我做圣姑吗？”

他仍然握紧我的手：“我以为，你会要求我娶你。”

“嫁娶？”我倒抽一口冷气。

他说：“我想我已经爱上你呢。”

“爱上我？”

他略为不悦：“你怎么说话像空谷回音？”

“我太惊异了，”我说，“你说你爱上了我？”

“有什么稀奇？”他很同情自己，“你美丽、你善良、你纯真，你救我的时候，又不知我是矿工抑或是……王子。”詹姆斯说。

“世界上美丽善良的女人起码有三亿个。”我微笑。

“可是独独你救了我的性命。”

“是，我不否认我们之间有这个缘分。”

“你不觉得我会是个好情人？”他天真地问。

我“哧”的一声笑出来。

“宝琳！”

我说：“我干吗骗你呢，你并不是一个性感的男人，你知道性感——嗯——”我做个陶醉的样子。

他既好气又好笑。

“你又没有一张可爱的婴儿脸。”我笑。

“我总有点好处吧？”

“有，你有一颗高贵的心。”

“高贵的心。”他喃喃说。

“不过一个订了婚的男人四处寻找情妇，那颗心会贬值。”

他不响。

我将那枚勋章配在胸前：“如何？”

“别笑，我们会为你正式举行一个仪式，得到这个奖章的人，全世界不超过十个。”

“你有什么资格颁奖给我？”我反问。

“傻蛋，傻蛋，你还不知我是谁吗？”

“你是谁？”我瞠目地问。

他在我的小客厅内踱步，双手反剪在背后。

“你不看报纸的吗？”他问，“电视新闻？”

我说：“呵，你还上过电视？演默剧？”

他转过头来，温柔地笑：“这就是我爱你的原因，你从来不给我好脸色看。”

我替他整理领带：“弗洛伊德称这种情结为被虐狂。”

“一个人走到某一处，就听不到真话了。”他说。

“高处不胜寒。”我点点头，“但是你的未婚妻应该对你老实。”

“她只是一个孩子。”詹姆斯说，“什么也不懂。”

“她几岁？”我说。

“十九。”

“你呢？”

“三十三。”

“差这么远？”我诧异，“简直有代沟呢，我明白了，这里也有大富人家选媳妇的共同品位：要年轻、天真、貌美，最好略略迟钝、无主见、没太大的知识，因为这类女孩子易受控制，是家庭中最佳道具。”

“宝琳，你实在聪明，一针见血。”

“十九岁，”我摇摇头，“你是她第一个亲吻的男人？没有历史，没有过去，没有所谓污点，没有经验，整个人像一堆新鲜的胶泥，你爱把她塑成什么样子都可以。”

詹姆斯的声音低下来：“正是如此。”

“当心，她会长大，翅膀成长的时候，情形便不一样了。”

“她飞不了，我亦飞不了。”詹姆斯喃喃地说。

“我很替她开心，小女孩很容易满足，有吃有玩又有漂亮衣服穿，给她的聘金又不会少……”说着我的鼻子开始发酸，不知怎的，也不觉有何伤心之处，忽然眼泪就急促地淌下来。

这次詹姆斯没有劝慰我。

我拼命想停止哭泣，却又止不住。终于用手掩住了脸。

詹姆斯轻轻地说：“我想留下来陪你两个礼拜，一个工人也有权拿假期，我觉得你现时情绪不佳，有朋友陪你说说话会好些。”

我腾出一只手握住他的手。“谢谢你，詹姆斯。”我哽咽地说。

“我同他们去请假。”他说，“晚上接你出去坐船，看满天的星星，喝香槟吃鱼子酱。”

“你坐船还没坐怕？”我问。

“你吃饭怕不怕噎死？”他笑问，“振作一点，宝琳，七点半我来接你。”

“那只船叫什么？”

“仍叫‘莉莉白’。”

“为什么有这个稀罕名字？”

“那是我母亲的小名，幼时她念不正自己的全名，管自己叫‘莉莉白’了。”

我莞尔：“她爱你？”

“是，但永不会纵容我。”

“对你们家庭来说，你陪我去坐游艇，也算是放纵了吧？”

他笑而不答。

我送他出门，他的司机投给我一个好奇的眼色，然后毕恭毕敬地替主人拉开车门。

我在报摊买了一大沓漫画回家去读。

南施买了水果来看我，她替我将水果贮入冰箱，嘱我天天吃。

“怕我便秘？”我问。

她笑我粗俗，又问我闷不闷。

我坦白告诉她，因有詹姆斯的缘故，日子好过得多，詹姆斯是那么体贴。

我告诉南施，这个人具有影响力。“或许他是贵族，只是他不愿说。”

“什么贵族？”南施动容，“子爵还是伯爵？”

“我没问。”我咬一口苹果。

我扭开电视看新闻，南施要去关电视，我不让她那么做，“你管我！”我白她一眼。

电视新闻报道员说：“……王储今日上午访问属下电器厂，对工人关怀备至，又问及生活境况——”

我笑："官样文章，他回到皇宫去后三十年，这些人仍然在那里挨，关怀有什么用。"

新闻片映到王子身上，镜头上他的面孔，招风耳，大鼻子，我看在眼中，张大嘴巴，一松手苹果掉地上，碰到南施的脚。

她雪雪呼痛："你作死？"

我扭响了电视机的音浪。

"……詹姆斯王子将于明日离港，结束为期三日的访问。美国亚兰他州[1]谋害超过二十名黑人儿童之凶手仍然在逃——"

我关了电视，跌坐在沙发里，耳畔先是"嗡"的一声，随即冷静下来，设法将混乱的思绪在最短的时间内归纳好。

我终于知道他是谁了。

我真笨，反应真迟钝，早该知道他是什么人。

南施问："宝琳，你怎么了？脸上怎么变成苹果绿？"

---

[1] 亚兰他州：疑为美国佐治亚州亚特兰大（Atlanta）。

我喃喃说道:“我的妈!”

南施摇摇我的肩膀:“喂,中了邪?”

“大姐,你知道詹姆斯是谁?”

“谁?”

“詹姆斯王子。”我的声音如做梦一般。

南施拍拍我肩膀:“宝琳,你累了,你的精神犹未恢复,我知道人有相似,物有相同,但你的美梦未免做长了,当心点好。”

“刚才电视新闻上有他!真的,南施。”我带哭音,“我看得清清楚楚,那只招风耳二十里路外都认得出来,他还穿着上午那套陈皮西装,条纹暗色领带,我错不了,你相信我吧。”

这回轮到南施发呆:“真是他?”

“真的。”

“我的天!”

“可是他怎么自由出入你的家?没有可能,他应有成打的保镖跟着才是,”南施吃惊说,“还有,他明天就要回去,宝琳宝琳,这次事情可真的搅大了。”

“一会儿七点半他会来接我。”我说。

“我的天！”南施说，“我的手在冒汗，喂，怎么竟会这样刺激？”

“这不是开玩笑的事。”我说。

我说：“难怪有人要把他的头炸掉，大姐，我想我应停止见他，你说是不是？”

“说得很是，他是王子，你是平民，且又是东方人，宝琳，避开他，卷入这种风潮里是很可怕的。”

“我该躲到什么地方去好？”

“七时半与他说再见，明日动身去他国旅行。”

“他会找到我的。”我说。

“避得一时是一时。”南施说，“你并不想做他的情妇吧？这种可能性也不会大，既然他已经答应替你铺路，见好就应该收手，咱们是当机立断的时代女性，快别犹豫。”

说得是，我吞一口涎沫。

“可是我要等史蒂芬的长途电话。”

“别替自己找借口，老史他不娶你娶谁？”

我缓缓坐下来，燃着一口烟。

心中有种悲凉的感觉，詹姆斯对我那么好，关怀备至，短短数天，我也觉察得到我们两人的关系绝不止此，可是现在情形不一样了。

他是詹姆斯王子。

我？我只是马宝琳小姐。

我静静吸着烟，忽然心如止水。

一切已经结束，完了，我想，完了。

南施将我的神情看在眼中，她轻轻问："为什么这么难过？"

我不答，自觉整个人已经落形，再也不能滑稽说笑。

南施细细声问："你不是爱上他了吧？"

我听见自己说："一个洋人？不。"

"我想你情愿单独见他，"她按我的手，"我先走一步了。"

我起身送客，神情寂寥。

大姐离开以后，我倒了一杯威士忌加苏打，坐下慢慢喝。

又少一个朋友。

而史蒂芬，史蒂芬在什么地方？

七点半，门铃响起来。守时正是他那个民族的特性。

我去开门，詹姆斯明朗而快乐，他说：“看，我穿了新衣服，如何？”在我面前转一个圈，“他们说牌子叫乔治·阿玛尼。如何？”

“很好看。”

他说：“你还没换衣服？快点好不好？”他拉我的手。

我挣脱：“我有话跟你说，殿下。”

他僵住在那里。

隔了很久很久，我们还静默着。

终于他说：“应该没有分别，我还是我。”

我温和地问：“楼下有几个保镖？”

“三个。”

我点点头：“他们知道你在这儿？”

“自然。”

“我豁出去了，”他说，“我得到两个星期的假，我将住在这儿了。”

“胡说，”我平静地告诉他，“请你不要给我找麻烦，你明早动身回去吧。”

“不，你没有可能让我离开，”他很温和，“我不会走。”

我俩明明在争吵，但两个人的声音都非常低，气氛融洽。

我吁出一口气：“詹姆斯太子，你总得为我设想。”

“我确有为你设想，有我一日就有你，我在这里的投资至为庞大，我给你最大的方便，允诺你一切要求。”

“谢谢你。”

他双手仍然习惯性反剪在背后。“可是我也得为自己设想。三十三年来，我生活在深宫中，来来去去，就是见这一群亲友这一堆随从，你说说看，日子过得多么乏味，上一次浴间后面也跟着保镖，我满以为做人就是这样，婚后就专门等父王退休，继承王位。但因为一次意外，我认识了你，我满以为你一眼就会认出我是谁，但是你没有，你当我是一个普通的外国人。”

“你使我发觉普通人的生活竟这么多姿多彩，活泼可喜，”詹姆斯语气开始激动，“原来平凡人有这么大的乐趣，可以结识这么可爱的女朋友。”

我背转脸。

“我想留下来，与他们大吵一场，他们拗不过我，准我享受这十四天假期。”

“你始终要回去的。”我低声说。

“人总会衰老死亡，公侯将相也不例外，可是迟总好过早。”

我不语。

“跟我出海。”他说。

“我想休息。”

“船上亦可休息。”他说，“马宝琳，你不用推辞，我不是一个接受借口的人，我的意志力自幼接受考验试炼，我不是一个普通的男人。”

他的双眼闪闪发光，炯炯有神，我有点喜欢，又有点害怕，我明明已下决心不蹚这个浑水，此刻又六神无主。

“我也得为自己设想，过一些快乐的日子，与你共度，我很高兴很快活，或者对你来说，生活牵涉到一个与众不同的人，诸多不便，但是冥冥中注定我们会在一起。”

我一句话也说不上来。

“走。”他半命令地说。

我跟自己说：他终究要回去的，不妨，他们不见得会杀了我。

我与他下楼。

我早该知道他是什么人了。我在新闻片中至少见过他一次。

怎么会没想到，我茫茫然。

“你很沉默。”他说。

我看他一眼：“我不知道该说什么。”

“我仍是老好‘招风耳’，别忘记，今早你对我说什么，现在仍可说的。”

我哭丧着脸不响。

“家中厕所要不要刷一刷？”他微笑，“糊墙纸我也拿手，一切可以从头开始慢慢学。”

我几乎落下泪来，那时胆大包天，到现在才晓得害怕。

詹姆斯扶我上了船。

船夫将船缓缓驶出去。

天空是紫蓝色的，风并不小，但吹上来很舒服，我靠在栏栅处，看城中灯色。

詹姆斯温和地问：“宝琳，你怎么变得跟我未婚妻一样，一句话都不说了。她与我将会共度余生，虚伪一点不打紧，我俩的时间可不长呢。”

我忍不住爆出一句：“谁稀罕！”

“我稀罕。”他做个鬼脸。

“你再稀罕也不会学你表兄，为了他爱的女人而放弃崇高的地位，九月份你还不是乖乖跟那个小肥婆去完婚。”

“小肥婆！”他吸进一口气，“如果你没救过我，我就控告你诽谤。”

我懊恼得很，哪里还有心思跟他胡调。

他开了香槟，向我举杯：“天佑吾国。”

我一饮而尽。

天上出现了第一颗星。

他说：“以后的日子里，即使活到八十岁，我会记得中国南部海紫色的夏夜，一个蜜色皮肤的女郎与我曾经有过好时光。”

我慢慢吃着鱼子酱。

或者我应当自然一点，免得被他以为小家子女人果真就是小家子女人。

香喷喷的酒使我定下神来。

将来写回忆录的时候，提到这一个王太子，恐怕是没有人相信我的吧。

“通常周末，你做些什么？”詹姆斯问。

“坐船、搓麻将、探访亲友、约会男朋友、去派对。”我闲闲地说，“一般女子的嗜好消遣。”

“除了史蒂芬外，有没有其他男友？”

“有，”我坦白，“许许多多，否则日子怎么过？我是个很受欢迎的女人。”

我坦白：“在周末，阳光普照的时候，香港起码过半数的男伴都会乐意约会我，但逢阴天雨天，他们全躲了起来。”

他点点头：“史蒂芬呢，他对你可好点？”

“他老说：‘省点总够过。’那自然，一家八口挤一挤躺一张床上，也就这么过了。我不敢说他不对，他敢向我求婚，也就因为他信仰他自己。但他不会照顾我，他当妻子是伙伴，共同经营一盘生意，无须呵护爱情。”

“为何嫁他？”

“时间与机缘到了，”我说，“人们结婚对象往往是最近的那一个，而且为什么不？爱得越深，痛得越切，咱们是‘君子之交淡如水’，好处多得很呢。”

“这倒与我的婚姻相似。”他苦笑。

“你又不同，”我说，“你生在帝王之家，你有责任。”

“是吗？我的责任要待几时才会交到我手上？此刻我只能等了又等，等了又等，所以他们觉得替我娶了亲，日子比较容易过。”

“别说得这么凄惨好不好？”我心中恻然。

他说：“你看见后面盯着我们的船没有？”

“看见，一共三艘。”

“多累。”

“诚然。”

“你知道保镖叫我什么？”他说，“官方剪彩人。”

我忽然又恢复过来，拍拍他肩膀："詹姆斯，振作点。"

他又握住了我的手："宝琳，要我回去也可以，但你要陪我走。"

"飞机飞到新德里那个站，就有人在我汤里下毒了，"我温和地说，"你们是神仙眷属，全世界都容不得我这个狐狸精。再说，你那小肥婆未婚妻尺寸惊人，一掌挥过来，我吃不消。"

他微笑："诚然，有许多事我是没有自主权的，但到底发起威来，他们也得迁就我，你放心，保护你，我还有点力。"

我不出声。

"宝琳。"他自我身后抱住我。

我闪开，坐到帆布椅子去躺下，仰看满天的星星。

"你仍觉得我毫无男性魅力？"他失望。

"中国女人的情感热得很慢，"我缓缓说，"表面上再新潮，骨子里仍然非常保守，我不能立时三刻与你接吻拥抱发生关系。"

他搓着双手："啊，几乎忘记了，我有一件礼物送给你。”自口袋摸出一个盒子。

来了，我想：厚礼、关怀、权势……引诱我入谷，如我陷入这段传奇性的感情中，失去的将是做一个普通人的幸福。

“我不收礼。”

“你也说过不与洋人上街。”他微笑，打开盒子，取出一枚蝴蝶结形的小钻石胸针，坠着两颗拇指大的珍珠，非常漂亮，十分精致，可是一眼看去就知道不会太贵。

“谢谢。”我接过了，虚荣的女人。

“后面刻着我的名字。”他说。

我别在衣领下。

“你是个美女，宝琳。”

“你少见多怪，像我这样的女人，香港有三十万个。”

冷风飕飕，香槟是唐柏里依[1]，易入口，醉了还不知道是为什么。

我吟道：“似此星辰非昨夜。”

[1] 唐柏里依：又译为唐·培里侬（Dom Perignon），法国名贵香槟品牌，有“香槟王”之称。

詹姆斯没听懂，但显然他也陶醉在这个景象中。

这个夜晚其余的时间里，我并没有再请求他离开我。这是千载难逢的机会，他是一个稳重的好人。

蔷薇泡沫。，

肆·

但如果我略退缩一步，又得沦为茶花女身份，故此死命撑着与他斗着。

他离开了领事馆“亲戚”处，留在友人的公寓里，我领他到超级市场买物，陪他配一副平光眼镜，平时戴着避人，他穿时髦的衣着异常好看。

他头发长了许多，比我初认识他时更像一个普通人。我们在厨房忙着张罗吃的，因为出身高贵，詹姆斯的气质与一般上等的华裔男子相仿，并无太大的隔膜，我们相处得很好，我对他的态度沉淀下来，虽然不再轻佻，倒也活泼——至少比他的未婚妻要有趣得多。

詹姆斯是一个氧气隔离箱内长大的婴儿，世上一切的不幸，他只在报章上阅到，遥远而不实际，他知道这世界上发生着什么事，但是没有概念，他平日除了洗脸与替自己穿衣服，就是剪彩与群众握手，在骑马放风帆滑雪的当儿给记者拍照留念。

我生活上每一细节都令他诧异与好奇。是以他觉得我是他枯燥日子中的阳光，三五天之后，他已不愿离开我。

每日他都送我礼物，有时是一束花，差人送了上来，还笑说：“是你神秘的爱慕者呢。”

有时是巨型的钻石，我也会笑说：“我下半生潦倒的时候，靠的就是这些东西了，我会流着眼泪卖掉这些最有纪念价值的礼物。”

詹姆斯会悲哀地说：“你总是想离开我，宝琳。”

压力总是会来的，南施姐先警告我，说她在新闻界有熟人，都疑心某国的王太子留恋异乡，这事迟早要被拆穿的。

趁詹姆斯不在，她找上门来，予以太多的忠告。

南施说：“或许你会觉得我多余，或许你会后悔将詹姆斯的身份告诉我，但宝琳，这件事不可持续下去，除非你有野心上国际通讯社头条新闻，他现在当你是新鲜玩意儿，爱不释手，日后厌了怎么办？”

“大姐，再复杂的事，在局外人看来，都是简单明了的，换了你是我，也许你没我应付得这么好。”我苦涩地说。

“宝琳，你说得很对，但作为一个看你长大的朋友，我也不得不向你指出利害关系。”南施说。

“我总是感激的。”

“我也禁不住奇怪，他放着那么大的皇宫不住，守在你这间千来尺的公寓内做什么？”

我感慨地说：“皇宫再大，不过是牢笼，他若当上了正主儿，能够发号施令，那又不同，但此刻他的身份，与一般的失匙夹万[1]有什么分别？平民还能上夜总会坐坐，追求电视明星，到新界去飞车求发泄，他能够做什么？”

“与他在一起，那感觉如何？”

“感觉？他跟普通有修养的男士完全一样，没有分别，但是他比普通男人更懂得体贴女性。”

南施说：“一切决定在你自己，宝琳，做得不好，你会轰动全球——呵，这真是一个至大的引诱，名扬五大洲哩，

---

[1] 失匙夹万：粤语俗语，字面意思为“丢了钥匙的保险箱”，暗喻那种父亲很有钱，但自己用度却受父亲严格管制的花花公子。

届时可以学根本七保子[1]般在巴黎出其风头……”

我冷笑：“可是西方社会很瞧得起她吗？”

“总比光在娱乐周刊上刊照片的好。”南施理直气壮地说。

“老老实实，如果詹姆斯是一个普通人，我会更高兴。”

“这话全世界只有我一个人相信，”南施冷笑，“你现在好比抓着一柄实弹真枪的孩子，还不懂运用这支武器，稍迟你就是一个危险人物，你听过‘挟天子以令诸侯’？”

我静默了很久，然后寂寥地说：“我相信我自己尚能把持得住。”

“祝你幸运。”她说。

“大姐，你这么说是什么意思？”我惊问，“你不再与我来往？你敢？”

“你召我，我会来。”

“你他妈的竟用这种字眼——”

詹姆斯敲门，我去开门，他见到南施，马上伸出手来：

[1] 根本七保子：又称黛薇夫人，原为日本人，后成为印尼前总统苏加诺的第四任夫人。

“我知道你是谁，你是宝琳口中的大姐，她跟我说过多次，她在黑暗中多亏你的引导。”

詹姆斯的平易近人令大姐至为诧异。

“你不是要走吧？且慢，喝一杯我做的咖啡如何？”詹姆斯说，“我的手艺现在不错。”

“我……”大姐结结巴巴，说不出话来。

詹姆斯幽默地说：“可是我脸上开花了？”

大姐跟我说：“宝琳，我佩服你，我想我应付不来，我先走了。”

我微笑，送她出门。

她如生离死别般拥抱着我。

詹姆斯说南施长得秀气。

我说：“在你眼中，一切东方女人都是美女。”

“我可不晓得你如何维持那苗条的身段。你吃起东西来像头牛，而且年纪也不小了，应该中年发福了吧，所以了不起，你才是我见过最美的美女。”

这话出自身经百战的花花公子口中，分量又不同，他见过什么女人呢？

他涎着脸说："在裸女杂志中。"

真好笑。

南施走了以后，惠尔逊又来了——应该是惠尔逊公爵，他怒气冲冲，又发作不得，已宣布我是他国第一号敌人。

他板着面孔问詹姆斯什么时候回家。

我穿着运动衣，坐在地毯上，用耳机听时代流行曲，他们的对白隐约可闻。

詹："如果我回去，我要带着宝琳。"

惠："你疯了，你要学你表兄？他娶百老汇艳星，你娶东方掘金女？"

我插嘴："公爵，你言语间放尊重点。"

詹："是，老惠，否则我们要下逐客令。"

惠："詹姆斯，你留在这座转身都有困难的公寓中干什么呢？"

詹："这公寓清洁大方，为什么不？"

惠："你当心，我会告诉你父亲。"

詹："你尽管说去，最好他选亨利或是爱德华当继承人，我就不必痛苦了。"

老惠为之气结。

这是他们的家庭纷争，我管不了那么多。

詹："你先走吧，老惠。"

惠："詹姆斯，我看着你长大，知道你的为人，你总不能现在开始逃避责任吧？"

"我没有说过要辞职，"詹姆斯怒道，"你少倚老卖老地教训我，一切还有我爹做主，到了限期，自然会回去的，你当心点，我继承了王位之后，砍你的头。"

我即刻鼓掌。

老惠气得浑身发抖："但愿上帝佑我，不待你即位那日，我已经魂归天国。"

我说："阿门。"

他自己开门走掉了。

詹姆斯哈哈大笑。

我凝视他："詹姆斯，你像离家出走的反叛儿童，而我是引诱你的坏人。"

"不不，我知道我自己在做什么，你的地位没有那么重要，爱人，"他很理智地说，"是我爱上了你，不是你引诱成功，我不见得单纯得如你想象那般。”

“可是你爱上一个人是很容易的，你是那么寂寞苦恼，只要有人肯陪你说话……”我并不起劲，“没有选择，就看不到高贵，你躲在我这儿，不外是逃避现实，假期过后，一切恢复正常。”

他沉默。

我略有歉意：“从来没有人这样对你说话吧？”很具试探性地问他一句。

他仍然不出声，他生气了。

他轻轻站起来，说声“我有事先走一步”，便开门离开我的小公寓，我想叫住他，一时自尊心作祟，没有开口，他已经掩门走了。

我独自坐着，心中闪过一阵恐惧，我吞了一口唾沫，假使他永远不再来，又有什么好怕的？不外是一个比较谈得来的朋友罢了。嘿！我叠起手，自鼻子里冷笑出来，但不知道怎的，心中凉飕飕，空虚得不得了。

门铃一响，我心头跟着一轻，这老小子，才气了五分钟就憋不住了，活该，这种游戏，根本是斗耐力，谁忍不住谁就输，“小不忍则乱大谋”。

我的隐忧一扫而空，赶紧准备打落水狗，拉长了面孔预备给他看一点颜色的。

打开门，外面站着一张熟面孔，却不是詹姆斯。

我好不失望，顿时粗声粗气起来：“又是你，惠尔逊大人，你又来做甚？我这公寓浅窄得连转身也有困难，容不了你这等公侯伯子男爵等人，有什么话，在门口说了也罢，快快快，别浪费我时间。”

他非常烦恼，异常不快乐地说：“我惠尔逊是世袭的第十六代伯爵，你这个骚货不该拿我来开玩笑，我并不高兴在你这里进进出出，我也不过是食君之禄，替君办事而已。”

“你为什么叫我骚货？”我责备他，“你若想人尊敬你，你就不能侮辱人。”

他冷笑：“能被我叫骚货的女人还不多呢，詹姆斯呢？他在哪里？”

“他不在这里。”

“你当必知道他在哪里。”

“我真不知道！你这老头怎么浑身找不到一丝高贵气质？你嚷嚷干什么？一副奴才样，”我翻翻白眼，“我偏不告诉你。”

“现在不是说笑时分，他母亲在这里。”

“他母亲？”我张大了嘴。

“她要见他。他父王催促他回家去，你就把他交出来吧。”

我打开门：“这里才多大？你尽管进来搜他。”

就在这个时候，詹姆斯的贴身保镖出现，他贴着耳朵与惠尔逊说了几句话，老惠才相信了。

这老头的脸皮转为一种肉粉红色，非常异相，皱纹忽然加深，一道道像坑沟痕，他喃喃说：“难道又是注定的？”

我看着他，心中生了不少怜悯，但如果我略退缩一步，又得沦为茶花女身份，故此死命撑着与他斗着。

他说：“宝琳，你总得换件衣服与我走一趟，你不去见我主母，我无法交代，要在你家上吊了。”

“她要见我？”我发呆。

“放心，她不是那种人。”

我反问：“不是哪种人？”

“给你一笔巨款，叫你离开她儿子的那种人。”

“唉，”我说，“我就是一心等待这种母亲，你们就是舍不得这笔巨款，贵国也真的没落了，连个把骚货都打发不得。”

惠老头与我犟嘴：“是我们不愿意做见不得光的事，你以为奈何不了你？”

“你们不会小题大做吧？”我问道。

“看你是不是逼虎跳墙。”

“恫吓！”我说。

“快换衣服吧，宝琳。”

“老实说，我不敢去见她。”

“你如果没做亏心事，怕什么见她。”

“我不习惯见王后。”我终于承认，“我怕出错。”

“宝琳，相信我，王后此刻也就是一个平凡的母亲，焦急而彷徨。”

“她是否生气？”

“狂怒。”

“或许见到了我，她会令人除去我的头颅。”

“她还要知道她儿子的下落呢，你马宝琳小姐人头落了地，我们到什么地方去找詹姆斯？”

“我真的不知道詹姆斯在什么地方。”

惠尔逊看着我：“你们吵架了是不是？”

“他如果那么容易被得罪，”我摊摊手，“我没有办法。”

“宝琳，你真是好胆色，他的未婚妻身为女勋爵，也要对他 sir 前 sir 后，你竟顶撞他？”

我沉默一会儿：“老惠，你若为人夫，被老婆这样称呼，心中滋味如何？别告诉我你喜欢这种礼节。”

他居然也叹口气，赞同我的说法。我进房中换了一件体面点的裙子，抓起手袋，跟他出门。

在车上，他忽然说：“我开始有点明白詹姆斯为什么喜欢与你相处。”

“我不会误会你在赞美我。”我说。

我们在其余的时间里保持沉默，没有说话。

车子向詹姆斯“朋友”的屋子驶去，那是他们国家领事馆。

车子停下来，司机替我开门，我很紧张，胃绞紧着。

老惠与我踏进那间白色的大屋，马上有人出来接待，我们在蓝色的偏厅坐下，女佣退出不多久，立刻有衣服窸窣声，老惠一听之下马上站起来，显然这种塔夫绸的轻响对他来说是最熟悉不过的。我犹豫一刻，也跟着站起来。

在我们面前出现的是一个有栗色鬈发的妇人，约五十多岁，碧蓝的眼睛炯炯有神，肤色细腻红润，妆着薄薄的粉，身材并不高大，却有一股母仪天下的威势，我大气儿也不敢透一下，平时的烂调皮劲儿一扫而空，只听见自己一颗心怦怦地跳。

老惠立刻说："陛下，马宝琳小姐。"

她开口了："马小姐。"那英语发音之美之动听，是难以形容的。

"陛下。"我说。

"请坐。"她递一递手，本人先坐下了。

她穿着一套宝蓝色的绸衣裙，式样简单，剪裁合度，坐下时又发出一阵轻轻的窸窣声。

王后双手优雅地放在膝上，浑身散发着说不出的高贵气质，我禁不住肃然起敬。

她说："马小姐……我简直不知如何开口才好。"

我低下头，双膝有点颤抖。

然后她直接地问："詹姆斯呢？"

我抬起头："我不知道。"

"半年前他自医院出来，便开始展开地毯式的搜索，务必要寻找到你为止，五个月前他得知你的下落，赶到香港，至今我已经有一个月没见到他了。"她的声音清晰动听，但隐隐也觉得有一丝焦急。

"我——"我愧意万分。

"这不能怪你，马小姐，"她十分明理地道，"詹姆斯的牛脾气，我们都知道，况且他也三十三岁了。"

我嗫嚅："我们只是朋友。"

她凝视我，双眼犹如一对蓝宝石，眼角的细纹增加了慈祥："惠尔逊公爵不相信你们只是朋友，而我，我是相信的，一眼就知道你不是一个厉害精明的女子。"

我感激了："谢谢你，陛下。"

她微笑："我听说你在公司里甚至斗不过一个爱尔兰混

血种。”

我苦笑：“你们清楚我的事，比我自己还多呢。”

“亲爱的，世事往往如此。据欧洲一些小报上的消息，过去十四年间，我曾怀孕九十三次，与丈夫闹翻六十七次，而我丈夫则打算退位三十三次，他有一个私生子，今年比詹姆斯还大五岁，贵族与否，我们面对的烦恼是一样的，因为我也是一个女人，一个母亲。”

我呆呆地听着。

她轻轻地站起来：“亲爱的，我希望你能以朋友的身份忠告詹姆斯，他有责任在身，我限他三天回国，他不能效法他表兄，他表兄只有一个头衔，他却有王位在等待他，无论在等待的期间多么烦闷，他都不能退出。”

王后说：“我们不能退出，因我们是贵族，享有权利，就得尽义务。”

她这一番话说得斩钉截铁，毫不含糊。

我轻轻说：“我恐怕我没有这样大的说服力。”

她说：“亲爱的，你将你自己低估了。任何人都看得出，詹姆斯已爱上了你。”她冷静的声音中带着一丝温情。

我苦笑："这是你们的想象。"

"旁观者清。"

"他并不爱我，他爱的是一点点自由。"我说。

"叫他回家，告诉他，他母亲在这里。"

"我会的，陛下。"

"也告诉他，他的未婚妻已经清减了许多。"

我叹口气："是。"

"你一定在想，马小姐，这一切原与你无关，真是飞来的烦恼，是不是？"

我点点头。

"你难道与詹姆斯一点儿也没有感情？"她问。

我一半为争一口气，一半也是真情，缓缓地摇摇头："陛下，令郎并非一个罗拔烈福[1]。"

她的蓝宝石眼睛暗了一暗，叹口气。过半晌，她说："你既然救过他一次，不妨再多救他一次。"

我轻轻问："我会再获得一枚勋章吗？"

---

[1] 罗拔烈福：又译为罗伯特·雷德福（Robert Redford），美国导演、演员。

“会。”她肯定地说。

我不出声了。

她说：“谢谢你，马小姐。”

我迟疑一下：“陛下，有句话我不该说，又忍不住要说，既然詹姆斯向往自由……”

“不能够，”她打断我，“我帝国悠悠辉煌历史，不能败在他手中，我国不比那些小地方，国王在马路上踩脚踏车，尚自誉民主。”她双目闪出光辉。

她站起：“那拜托你了，马小姐。”

惠尔逊连忙拉铃召随从，替她开门。

王后一阵风似的出去了。

惠尔逊掏出手帕来抹额角上的汗。

我冰冷的足趾开始又活了，身子慢慢地温暖起来，血脉恢复，双膝也可以接受大脑的命令，我站起来。

惠尔逊说：“宝琳，我送你回去。”

我点点头。

“这件事，宝琳，你别宣扬出去。”

“我明天就举行一个千人招待会——这不算宣扬吧？”

我瞪他一眼，“老惠，你不算坏人，你就是太小家子气。”

他不出声。

回到公寓，我觉得像做了一场梦似的。

电话铃响，我去接听。

“宝琳？宝琳？”是詹姆斯的声音。

“詹姆斯。”我的平静令我自己吃惊。

“宝琳，你到哪里去了？快来救我。”

“你在什么地方？遭人绑架？”

“我在附近一间……香香冰淇淋室，我吃了一客香蕉船，身边也没有带钱，不能付账，呆坐了半天。”

“身边没带钱？”我啼笑皆非。

这也是真的，他身边带钱干什么？他根本不用花钱。

“我马上来。”我放下电话去救驾。

他呆坐在香香冰淇淋室，女侍们尽朝他瞪眼，看样子真坐了好一会儿了。

他问：“宝琳，你到什么地方去了？”

“我去见你母亲。”

他整个人一震：“我母亲？”

“玛丽王后陛下。”我带哭音。

“她在此地？”

“是。”

詹姆斯显然深惧他母亲：“她……说些什么？”面色都变了。

我说：“她说限你三日内回国，詹姆斯，她叫我劝你几句。”

“她待你可和蔼？”詹姆斯说。

“太好了，但是我的双腿不住地抖，我天不怕地不怕，天掉下来当被盖，但是看见她，真是魂飞魄散。”我犹有余悸，“嘴里说着话，喉咙都在抖了。”

“不怪你，许多老臣子见到她都发抖。”

“真劲。”我吐吐舌头。

“三天？”他喃喃地反问。

“詹姆斯，回去吧，我认为她是爱你的，而且你不为她，也得为国家为民族。”

“你要是知道国家民族认为我们是负累，你就不会劝我回去。”

“你留在这里又有什么好做的呢？我才在香港住半辈子，就都快闷得哭了，来来去去不外是上浅水湾与跑马，有啥味道？”

“那么回家就很有味道吗？”詹姆斯痛苦地说，“依照我父亲的健康情况看，我继位时应是五十五岁左右，这整件事根本是一个大笑话，五十五岁，宝琳！在这二十二年当中，我只能做一个傀儡，你知道这滋味吗？”

我悲哀地看着他，爱莫能助。

“你看我未老先衰，我头顶有两寸地方已经秃得精光，靠前额的头发搭向后脑遮住，我整个人是一个可笑的小老头，宝琳，尽管你是一个自力更生的小白领，你也不会看上我。”

“你有你的女勋爵呢，她为你清减了。”

詹姆斯冷笑：“开头的三年，她会觉得这种生活挺新鲜，值得一试：新的环境，新的衣裳，新的首饰，大婚后的低潮尚容易挨过，但二十二年可望而不可即的真正权势！”

我沉默一会儿：“她还年轻，她可以等。”

“所以太子妃必须要年轻，她等得起，而我，我却已经三十三岁了，我只希望我有点自由，有点私生活，即使我狩猎坠马，也坠得秘密点，别老是有一架摄影机等我出丑。”詹姆咬牙切齿说。

“报上说他们会派你去继任总督，你会开心点吧。”

“我只知道，与你在一起，我开心。”

我只好勉强地笑，我与他在一起，何尝不开心。

他挽起裤管，大腿上有动手术后的疤痕：“那次我输了三品脱的血，如果没有你救我，爱德华就可以即位做继承人。”

“你的大弟？”

“是，他是那个有罗拔烈福面孔的弟弟。”他苦笑。

“詹姆斯，回国吧，你所畏惧的婚姻生活，不久便会习惯。”

“谁说我怕结婚？”

“不用心理医生也知道你怕的是什么。”我笑。

“宝琳，与我一道回去。”

“不可能。”

“不要这么决绝。”

“老詹，你不是我喜欢的那种男人。”

他冷笑：“但愿你嫁只癞蛤蟆。”

“我会吻它，它就变回一个王子。”我温和地说着。

他转过身去，连背影都是骄傲寂寞的。

“詹姆斯，回去吧。”

他疲倦地说：“不必催我，我这就走。”

“我会时常佩着你送我的胸针，詹姆斯，它太美太美。”我低头看领子上的胸针，“有什么需要，我定与你联络，咱们是老友。”

“我向你保证，你的事业会一帆风顺。”

“谢谢。”我的声音忽然沙哑。

“我去见见母亲。”

我自窗口看下去：“你的车子与保镖全在楼下等。”

詹姆斯的双手反剪在背后：“再见。”

“在你去之前，我们还能再见吧？”

“后天下午三点，”他说，“我来接你。”

“好的。”

他转身向大门走去，我替他开门。

“很高兴认识你。”我忽然说得那么陌生。

“吾有同感。”他忽然矜持起来，向我微微一弯腰，离去了。

我关上门，到露台去看他上车，他抬头向我望了一望，我举起手向他摇一摇，他的随从与保镖跟着他上车。

过半晌，我举着的手才放下来。

第一便是约南施出来。

她说她不知有多牵记我：“事情怎么样了？”

“他后天回国。”我简单扼要地说。

“感谢主。”

我没有提及玛丽王后，这件事有点像天方夜谭，不提也罢，至今想起犹自忐忑不安。

“出来吃杯茶，”我说，“我想选一件礼物给他留念。”

见了面，叫了饮品，南施打量我，我也打量她。

她仿佛胖了一点，气色很好，但是女人最忌人家说她胖，于是我只说：“你越来越有风采了。”说完自觉非常欠缺诚意。

她说："你呢，几时再出来做事？"

"休息了半个来月，亦发泄了真气，不想再劳劳碌碌，为了什么呢，总共才活那么几十年，营营役役，一饮一食，莫非是前定？"

"做栏外人了？"她笑。

我苦笑。

"你与詹姆斯的一段情——"

"别乱说，我们是清白的。"我挤挤眼。

南施轰然笑出来。

我白她一眼："你为何不去吃鸡煲翅？"

她笑着摇头："史蒂芬呢，他还不来接你？"

我用手撑着头："大姐，这件事真是有缘分的，他等我九年，可是等到真有机会，我与他竟失去了联络，你说多荒谬。"

"可怜的史蒂芬，他也该知道马宝琳这女人的心念一天转七十次，机会转瞬即逝，他赶到香港时怕要步梁山伯之后尘——"大姐吊起喉咙做唱白："我来迟了。"

我叹口气："这倒未必，我已决定嫁他。"

“世事多变幻，我看来看去，宝琳，你不像那么好命的人：不是每个女人都可以有福气顶着丈夫的姓氏无名无闻在家养宝宝的。”

“何必说这样的话百上加斤。”我不悦。

大姐含笑喝着咖啡。

我问：“中环那些男生都还那个样子？”

大姐差点噎住，她笑道：“唷，新闻越来越鲜，林青霞订婚以后，月入一万以上的王老五觉得非常寂寞，打起邓丽君的主意来了，此刻中环起码有三五千名叠着小肚皮、做点小生意、头顶微秃、开部奔驰的才俊们，到处挽人介绍小邓呢。”

我很想狂笑，但不知道怎的，只觉凄清，于是牵了牵嘴角。

大姐说：“都麻木了，寂寞如沙漠。”

这样子比较下来，史蒂芬也不愧是个好丈夫，我黯然。

大姐振一振精神：“怎么，还打算在家享福，当心骨头酥了。”

我不出声。

大姐责问道："宝琳，你脸上老挂住那个苍凉的微笑干什么？"

我一愣："我几时有笑？"

"还说没有？一坐下来就是那个表情，双目空洞，嘴角牵动，像是四大皆空、万念俱灰的样子，干什么？"

"史蒂芬不见得在沙漠搭个帐篷就过一辈子，他总会回来的，何必心灰意冷？有空闲就为自己办办嫁妆，打扮得漂漂亮亮等准夫婿来迎娶。"大姐说。

我只觉得深深的悲哀，丝毫找不出具体的因由。

南施轻轻地问："你爱上了詹姆斯？"

我不耐烦地说："没有可能的事。"我总是否认。

"如果不想嫁史蒂芬，押后也是可以的——"

"大姐，我们出去逛逛百货公司，我想买一件礼物。"

"心中有什么特选？"她问。

"别致一点的东西。"我说。

那一日，浪费了南施的宝贵时间，唯一的收获不过选到了一件合心意的礼物送詹姆斯。

蔷薇泡沫

伍·

『命中注定我要认识你，你摆脱不了我，
我来不是道别，而是接你与我同行。』

回到公寓，倒了威士忌，边喝边看电视新闻——

不再有詹姆斯的新闻。

我那老友明天就该打道回府了。我摊开报纸，翻到聘人版，五花八门的职位空缺，式式俱备，种类繁多，不怕没事做。骨子里都一样：穿戴整齐了卷着舌头去说洋话，不是不肯受委屈，不是不听话，不是不肯敷衍人，不是没有真才实学，不是不愿吹捧拍来陪着他们混，不是不肯苦干，却还得看大爷眼睛鼻子做人，爷们喜欢你，你的真本领才有了着落，否则就冷板凳上坐十年八载……

挨到大学毕业，也并没有获得世界之匙，我苦笑了，愿白领们都来同声一哭。

我取过一个枕头，压住了脸，酝酿睡觉的情绪。

电话铃呜呜地响，我去接听。

“宝琳？”一个陌生男人的声音。

“是。”我有气无力，“哪一位？”

“我呀！”

“你是谁？”

“天，我是史蒂芬，宝琳，你连你未婚夫的声音都不认得了？”他好兴奋。

我跳起来，霍地坐直，“史蒂芬？”忽然听到他的声音，却犹如陌生人一般。

“骂我吧，骂吧，宝琳，我明天立刻去买飞机票回来接你。”他雀跃万分，“在撒哈拉我看到了最美丽的蜃楼，人家都说会给我带来好运，果然，一回家便读到了你的电报。”

一个月前的电报。

我问：“你现在在家里？”

“宝琳，真抱歉，我离开了那么久——”

“你去摩洛哥干什么？”

“一份地理杂志邀我去拍点照片……这是题外话，宝琳，二十四小时之后我们就可以见面了。”

“你记得我家地址吗？”我提醒他。

“当然记得，”史蒂芬说，“宝琳，我会对你好，你是不会后悔的。”

但是我却只觉得他的人很遥远很遥远，声音亦很遥远很遥远，他并没有给我一丝一毫的安全感或是归属感。

“等我来！”他说，“宝琳，我爱你，你知道我是一直爱你的，再见。”

我缓缓放下听筒。

我可以想象得到的孩子气的面孔，涨得通红的脖子，一夜睡不好，订了飞机票赶来看我……但是我不爱他，此刻我需要结婚，但是我不爱他。

结婚与恋爱是两回事，这我知道，但自小到大，我有信心，我本人可以把这两宗大事联系在一起，如今忽然发觉自己沦落到这种地步，要为结婚而结婚了，忽然悲从中来，震惊得不敢落泪。

我一个人坐着，窗外的暮色渐渐罩笼，我也没有开灯，天竟黑了。

我如住在五里雾中，不知身在何处。

那夜我躺在床上至鼻酸眼涩，方才入睡。

夜里做梦，人没有老，样子没变，只是自己厚厚的一头白发，梦中慌忙地想：怎么办呢，要不要染？一事无成，头发竟白了……

门铃大响，我悚然而惊醒。

一睁眼只觉得双目刺痛，红日艳艳，不管我的头发是否雪白，我心是否创痛，太阳照样地升起来了。

我去开门，门外站着詹姆斯。

在白天，我做人是很有一套的，连忙将慌乱镇压下来，挂上一个叫“欢容”的面具，跟他说：“詹姆斯，这么早，不是说下午三点吗？我都没洗脸，一开口，口气都熏死人。”

他静静看我一眼，进屋子坐下。

詹姆斯又换上他深色的西装，理过头发，一双黑皮鞋擦得光可鉴人。

我笑道：“听说你们小时候，绑鞋带都由用人蹲着服务，可是真的？”

他凝视我。

我说：“铁定几时动身？我给你买了一件好东西，供你旅途消闷的。”

他开口：“宝琳，你说话太多惊叹号，太夸张浮躁，小说家像史葛费斯哲罗说的：‘文章中惊叹号像是对自己说的笑话大笑’。实是非常浅薄不入格的作风，你几时改一改。”

我心如被利剑刺了一下，却死硬派地撑着不理，我把礼物盒子取出来。

“看，这是什么？”我拆开盒子，“这是一副电脑国际象棋，不但会与你对弈，而且会说话，对每一着棋的得失，都发表评语，最适合像你这么寂寞的人用，喜欢不喜欢？所费不菲呢。”

他望着我。

忽然之间我的声音变得很刺耳。“喜欢不喜欢？”我追问。

詹姆斯以平静的语气问：“你为什么哭？”

“哭？”我一怔，反问。

我抬头看向墙壁的镜子，可不是，镜子中照出我的面孔，一脸都是眼泪。

我跌坐下来，再也忍不住，浑身簌簌地颤抖起来。

詹姆斯说：“命中注定我要认识你，你摆脱不了我，我来不是道别，而是接你与我同行。”

我瞪着他。

“何必隐瞒自己的感情？你骗了自己，但骗不了我，宝琳，收拾一下，跟我走吧。”

他轻轻握住我的手。

我睁大了眼睛，看着他。

“不要问我任何问题，能够恋爱的时候，多享一下，跟着我走。”

我并没有再多做挣扎。

将门匙挂号寄出给南施，我只提了只小皮箱，便跟詹姆斯上了他的邮船。

在船上，我习惯了他的旧式烟囱泳裤，王室特用牙膏的怪味儿，天天早餐的油腻熏肉，下午茶的华而不实。

他们的享受与平民不同——差太多了。市面上一般流行的玩意儿，他们根本就接触不到，我带着几副电视游戏，他为“太空火鸟”着迷，一边与电子游戏争分数，一边怪叫“太棒了，太棒了”。他只能打到百余分，而我不费吹灰之力，一下子就五千余分。

他叫我“神射手宝琳”。他不知道我已经苦练了半年，那时候日日下班，左手拿一杯威士忌，右手就按钮，这也是松弛精神的好方法，练熟了之后完全知道“火鸟”有几个排列。

但是詹姆斯不同，他乐此不疲。我倒是喜欢躺甲板上晒太阳。各人只珍惜生活中欠缺的东西，任何幸福如排山倒海般来临时，就不值一文；独身女人的自由，王孙公子的权势，太太们的安全感，无论得到什么，我们还是不快乐不满足。

此刻我的心也戚然，这不过是一个短暂的假期，时间总要过去的，我会还原，回到我往日生活的茫茫大海中去，脱离王子，独自生存，回忆将化为蔷薇泡沫，消失在紫色的天空中。

詹姆斯在甲板上蹲下：“你在想什么？”

我微笑。

“你皮肤越来越棕色了。”他温柔地说。

“你父亲可有情人？”我问他。

“我不清楚，谣传在我未出生之前，有一位柏坚臣太太，自幼与他青梅竹马，柏太太生下儿子，欧洲有小报传是父亲的私生子，后来父亲接受柏太太的请求，成为那孩子的教父。父亲大婚时只邀请柏太太的母亲。”

我想起来：“我读过这位柏坚臣太太的自传。”

詹姆斯微笑：“将来你可会写自传？”

“当我山穷水尽的时候……”

他断然说：“有我活一日，你就不会有那种日子。”

“你未婚妻听了有什么感想？”

他不答。

过了一会儿，他说：“父亲与母亲结婚不久，也发生感情危机，当时父亲离家出走，乘的就是这艘船，从欧洲到澳洲，再往北美，在船上度过四个半月。”

我聆听着。

“他们也是人。”他轻抚我的头发。

我握住他的手。

“当时他在船上有一位女秘书相随，据说他俩到处参加疯狂派对，船终于到家，母亲逼女秘书辞职，父亲至今引为憾事。”

“他们是否相爱？”

“母亲爱父亲，那自然，”他停一停，“至于父亲本人，他毫无选择，那时我国政乱，需要母亲的帮助来重振声威，镇定经济。玛丽公主带来的威势的确非同小可……”

“对于你的行为，她怎么想？”

“你不必问太多了，这是我与母亲之间的事。”詹姆斯说。

我模仿他的口气：“这个不用问，那个是我自家的事，男人自有分寸，你不必理那么多……”

“你这个女人，”他摇摇头，“只有你能征服我的心。”

我说：“那是因为你没有时间去真正认识一个女人，偶然玩一次火，便觉得不能克制地兴奋。”

“玩火……”他说，“我母亲也曾用过这两个字。”

“是不是？”我笑，“英雄所见略同。”

“她说不怕你将来写自传，怕是怕你以前的男朋友也写起自传来。”

我仰起头哈哈哈地笑。

我也有快乐的时刻。

打长途电话给南施，她什么也不问，只说史蒂芬人在香港，问她要去了门匙，天天哭丧着脸坐在我公寓内等我的消息，与那具会说话的电脑象棋游戏做伴，倒是益了他。

“几时回来？”她终于忍不住。

“等他结婚后，我不回来也得回来。”

“几时？九月？”

“是。”

南施不响，隔了很久她问：“我想这一切还是值得的，是不是？”

我不响。

“但是旁的吸引力那么多，你怎么知道你们之间尚有感情存在？”

“世界上的女人那么多，他未必要选中我。”

大姐轻笑数声：“现在跟你多说无益，人在恋爱中，或自以为在恋爱中，连一团乌云的下雨天都变成深紫色的苍穹，无穷的风，啪啪打动原野的心……”

“歪诗人！”我苦笑。

“祝你快乐。”她轻轻说。

“这是我一生中唯一的假期。”我也轻轻说。

我与大姐常常轻轻地打这种电话，我也像所有的女人一般，不能保全秘密。

我多多少少要找个好对象倾诉一番，多年来这个人是大姐，说不定她会出卖我，但我不在乎。

船经过南太平洋的时候，我已经晒得深棕色，一双手反转来看，手心与手背黑白分明，詹姆斯往往为这个笑半天。

我们故意绕着圈子，船上四五个随从及下人一直不发一言，但他们双眼出卖了他们心中的好奇。

到达地中海的时候，直布罗陀海峡著名的白垩峭壁宏伟美观，海鸥成群在壁上回转，我俩抬头观赏良久。

詹姆斯说：“甚至是皇帝，也不过只能活短短的一段日子，只有大自然永恒地存在。”

我吟道："皇杖与冠冕，皆必须崩跌，在尘土中平等地，与贫穷的镰刀与锄头共处。"

他微笑："你的英国文学尚过得去呀！"

我忽然讥讽他说："不是每个女人中学毕业后，都只懂念一年家政然后去当保姆的，这世界上有许多医生律师甚至政客都是女人，记得一两句诗算什么？"

他反而高兴起来："咦，指桑骂槐，仿佛有点醋意，这表示什么？你爱上了我吗？"

我只好笑。我立刻问及到了他的地方，他会如何安排我的居留。

我没有维持这种风度，费时不自在，我不想与他隔膜顿生，我喜欢发问。

比如："我住在哪儿？你家的马房？"

"老娘身上没钱，一个子儿也没有，你有没有信用卡？我在百货公司能否挂账？"

"船上这些侍从是否会把谣言传出去？不如杀他们灭口——推下海去喂大白鲨。"

"到了家你就没有空陪我了，大概是要把我养在深宫里的，我能否捧戏子观剧去消磨沉闷的时刻？”

他会假装生气：“你为什么不对我表示惧怕，像其他的女人们？”

我忍俊不禁：“她们也不见得怕你，她们只是与你陌生疏远。”我指出。

他消沉：“我没有朋友。”

“你至少有弟妹。”我说，“可以互相诉苦。”

“哼。”

“据说你与妹夫不和？”我问。

“我管他叫‘雾’。”

“咦？”

“又湿又厚。”

我微笑，厚作蠢解。我说：“可是我们这些普通人也不见得找到朋友，我时常怀疑世上有若干名词是人类虚设来自我安慰，对短暂虚无痛苦的生命做一点调剂——像朋友、爱情、希望这些术语，不外是骗我们好活下去。”我非常悲哀。

“可是我是爱你的。”他说得那样真挚，老成的面孔第一次发出稚气的光辉。

“我们相爱如一对好友，”我温和地说，“我可以确定我一辈子不会忘记你，但这还不是爱情。”

“什么是爱情？”他微愠。

“世界上根本没有这件事。”我说，“我觉得我们两人的关系已经够好了。”

他只好涩笑。

他将我安置在高级住宅区一所美丽的公寓中。一应俱全，给我零用钱，一个电话号码，大事可以找他。

我喜欢公寓的厨房，宽大舒适，我可以一展身手。

对于自己的前途，我非常乐观——这是我生命中的一段插曲，我有信心，当这一切过去，我可以回家从头开始再做马宝琳，一个事业女性。

我是个乐天派，无拘无束，对于生活中不如意的洪流，兵来将挡，水来土掩，总有办法渡过难关。

最主要是我对詹姆斯毫无奢求，他给我的，我坦然接受，不论多少，都不伤我自尊。

詹姆斯不能给我的，我也不苛求，我们是……老朋友。

我并不寂寞，驾小车子到处去逛，可以做的事很多，城里名胜古迹特多，博物院、美术馆，到处风景如画，我有种真正度假的感觉，因为我这次真正能够放下屠刀，做个无业游民。

尤其喜欢逛古董街，一整条街上都有十九世纪到二十世纪初不值钱的小货色——一个笔座，一盏台灯，照片本子，一件绣花背心……

这些店都叫我留恋，詹姆斯如果不来找我，我就往那里钻。

我也计算过詹姆斯大婚的日子，不远了，我感喟地想：这一切就要化为蔷薇泡沫了，怎么样地来，怎么样地去，王子终于要同邻国的公主结婚了。

但是我竟这样地愉快。

星期三，我出去买作料做詹姆斯喜欢的烟三文鱼加炒蛋，预备等他回来吃。

一出门就觉得有人盯我的梢。

我醒觉，头一个感觉是记者。

但这人不像，伊开一辆小跑车，盯了我几条街，我到肉店，他也到肉店，我买花，他车子停在花档，我朝他看去，他也不避忌，向着我笑。

我捧着食物与其他的东西向他那边走去，他居然连忙下车，礼貌地对我说：“小姐，允许我帮你忙。”他替我捧过大包小包，但是稍欠风度，目不转睛地看牢我。

我心头灵光一闪，微笑问：“你是亨利？”

“不，”他笑，“我是爱德华。”

“啊，你是那个有罗拔烈福面孔的弟弟。”我说。

他面孔忽然红了。

“你盯着我做甚？”我问。

“我想看看詹姆斯的女友。”他坦白地说。

“你怎么知道我住哪儿？”

“妈妈大发脾气，与詹姆斯起冲突时我在旁听见的。”爱德华说。

“你母亲雷霆大作？”我心头一震。

“是。”他仍然笑嘻嘻的。

我不禁有点担心起来：“詹姆斯应付得来吗？”

“你请我吃茶，我就告诉你。”

“你这个人，贼秃兮兮，不是好货色。”我骂他道。

“你果然是个美丽的女郎。”他欠欠身，“我非常谅解詹姆斯。”

“谢谢你，”我非常喜悦，“你太夸奖了，很会说话。”

“茶呢？”

“我又不是开茶店的。”我说。

“至少让我替你送货。”他说。

我笑了，上了车。

他在一旁说：“詹姆斯说得对，你的确与一般女子大有不同。”

“少说废话哩，跟着来吧。”我说。

他嘻嘻地笑，车子跟在我后面。

我招呼他进屋子，问他要喝什么。我说：“你哥哥最喜欢牛奶与沙滤水，否则来一个马天尼也好，最不喜欢咖啡或茶——你呢？”

爱德华好奇地打量着公寓，他并不回答我。

“喂，”我既好气又好笑，“瞧够了没有？”

他向我挤挤眼睛：“你清楚我大哥，倒是比我大嫂更剔透。”

“告诉我，你未来大嫂是个什么样的人？”我好奇。

“一个稍遇刺激，便咯咯乱叫拍起翅膀的小母鸡。”

我一怔，忍不住哈哈大笑起来。

“她实在太年轻无知，而大哥实在太老成持重，站在一起，非常可笑，上星期合家去参加表弟的婚礼，在教堂门外，大哥站得似一尊石像，而她却不停东张西望，按帽子拨裙子，母亲立刻皱起了眉头……”爱德华说得活龙活现。

我笑说：“瞧，堂堂一个女勋爵，在你们嘴里尚被诋毁得这样，啧啧啧，将来说起我，还不知道不堪如何呢？”

“谁敢说你坏话？”爱德华讲得诚心诚意，“女勋爵不过是世袭的，又不需要品德学问，就像我，说不定是个坏小子。”

我看住他，只好笑。

“大哥年薪才二十九万美金，据说在香港，做小生意也不止赚这个钱，你既不是为他的财，那一定是喜欢他的人，是不是？”

我不答。

“但是他这个人是出名的讨厌，没有人喜欢他，你为什么是例外？”

我笑吟吟说：“你打听这些，不是想得了消息出卖给小报吧？”

“毫无疑问，你是个漂亮的女郎，连母亲都说，你的美貌使她不忍太过责怪詹姆斯……”

“你的话真多。但不讨厌，而且夸张。”

“我则喜欢你的肤色。”他凝视我。

“王室婚礼进行得如火如荼了吧？”我问他。

他装一个鬼脸：“真像做一场戏，我发誓当我结婚时，要娶个我所爱的女子。”

我不响。过一会儿我说：“那个被你所爱的女子，不一定是幸运者。”

“告诉我，你如何会喜欢詹姆斯，他是那种每朝七时三十分起床，夜夜不过十二点便上床的人。”这小子不肯放过我。

我拒绝回答。

“他的嗜好是阅读、看电视、画水彩画与烹饪，你听见过没有？多么乏味。”爱德华做一个晕厥状，“他的车子是爱斯顿·马田[1]与福特，多么老土——你真的想清楚了？”

就在这时候，詹姆斯推开大门进来，我惊喜，而爱德华却没有发觉，犹自滔滔说下去。

我强忍着笑，知道立刻有好戏看。

“他最喜欢的作者不过是亚历山大苏森尼律[2]，他最心爱的玩具是一部电视录像机，他说话前先举起食指，上唇不动，笑得像气喘，时常挂住虚伪的微笑，神经质地握紧双手，又松开双手，右手常伸入左手袖口，像是在摸索一条不存在的魔术师手帕。”爱德华说得眉飞色舞。

冷不防詹姆斯暴喝一声，从他身后扑向前，捏住他脖子死命摇晃。

“扼死你，扼死你。”詹姆斯大叫。

爱德华呛咳，死命挣扎，两人滚在地上。

我笑嚷：“宫廷大惨案，喂，谋朝篡位，不得了，救

[1] 爱斯顿·马田：又译为阿斯顿·马丁（Aston Martin），英国汽车品牌，创始于1913年，后被美国福特公司收购。

[2] 亚历山大苏森尼律：又译为亚历山大·索尔仁尼琴（Alexander Solzhenitsyn），俄罗斯作家。

命，来人，救命。”

他俩站起来，詹姆斯犹自不放过他老弟。

“你想怎的？在我女人面前说我的坏话。”

“这些全是事实。”爱德华不服帖。

我说：“你们两个都给我坐下。”

詹姆斯犹自问：“你是怎么找到这里来的？”

“若要人不知，除非己莫为。”爱德华辩。

“爱德华，我有重要的事跟宝琳商量，你快回去，当心母亲剥你的皮。”

爱德华反唇相讥：“不知道是谁的皮就快要挂在大厅墙上做装饰呢。”

我说：“爱德华，你别尽打岔，詹姆斯真有话跟我说，我们改天再见。”

爱德华默默站起，他对我说：“宝琳，我知道大哥喜欢你的原因：只有你把我们当人看待。”

他转身走开。

隔了许久，詹姆斯说：“爱德华这话骤然听来好笑，实际上无限辛酸。”

我斟给他一杯詹酒[1]加苏打水。“可是要叫我走了？”

“宝琳。”他紧紧握住我的手。

“你母亲震怒了？”我轻问。

“我连保护一个女人的力量都没有。”

“不是没有，”我说，“代价太大了，何必呢。”

“我会送你走。”他低头。

“很好，你随时通知我，我只需要十五分钟收拾杂物。”

“宝琳——”他抬起头来。

“什么？”我说，“我们还是好友，你有话尽说无妨。”

“宝琳——你竟没有怨言？”

“生活中充满了失望，我已经成习惯，我从来不是一个任性的人，好胜与倔强或许，但从不任性，而且最重要的是，詹姆斯，从头到尾，我们的关系建立在友谊上，是不是？”我的手按在他肩上，不知怎的，心中非常心酸。

“后来我向父亲求情——”

这是意外，我抬起头。

[1] 詹酒：又译为金酒（Gin）或杜松子酒（Geneva）。

“父亲出乎意料地同情我，我们尚有两个星期时间。”

“詹姆斯，我想我还是早两个星期走的好，”我温和地说，“不见得你尚会邀请我参加你的婚礼。”

“再施舍一点点快乐给我，”他忽然恳求，“我这一生中，从来没有比现在更彷徨。”

我连忙说：“但是詹姆斯，我也一直很喜欢你这个伴儿，请别说到‘施舍’这两个字，若你只是普通一个富家子，说不定我就嫁予你，乖乖地在家享福，但现在这种情况，为了保护我自己，我不得不替自己留有余地。”

“我只是一个懦夫。”

“大勇若怯，”我说，“大智若愚。你的情意我心领了，难怪你母亲要生气，我并没有守诺言，她大概也猜到我是故作大方，根本没有可能实行这个诺言，你立即送我走吧。”

“我办不到。”

我既欢喜又伤感，怔怔地看牢他。正如爱德华所说：他是一个极度乏味与古板的男人，但因他真正地喜欢我，我在他身上发掘到其他的好处，我因此回报他以同等样的感情。

“我得回去了，你若觉得烦闷，我叫爱德华来陪你。”詹姆斯说。

“没有这种事，”我说，“我不能再惹麻烦。”

“你为什么要控制自己？连我都没打算这样做了。”他责备我。

我哀伤地说：“因为我不能一整天躲在马球场过日子，因为我打算好好地活到八十岁。”

“你与我吵嘴！”他忽然怒不可遏，“你从来没有服从过我，处处讥笑我……”他站起来走了。

我担心他，他的情绪是那么不平稳，从窗口看出去，他开着吉普车飞一般地驶开。

詹姆斯詹姆斯，我喃喃地说：正因为我俩时日无多，才应该心平气和，快快活活，何必浮躁不安。然而，他在毫无挫折的情况下长大，稍遇一点点不如意，立刻痛不欲生……伊实在不是一个理想的丈夫，男人应该懂得克服困境，活得如一个鲁滨孙，不应像他那样，一辈子住在井底下，拥住皇杖皇袍做人。詹姆斯是那么无助……我真正地开始同情他，原来在高贵的仪表之下，他痛苦的细胞比我更多。

纵然如此，我也不能宠坏他，正如对其他的好友一般，对他的遭遇我深表同情惋惜，但是爱莫能助。

明儿他脾气好转，我会跟他出去玩一天，庆祝我们两个人的感情结束。

现在我要收拾行李。

我也佩服自己的冷静，历年来的性格训练，发生了大事情懂得应付。

蔷薇泡沫

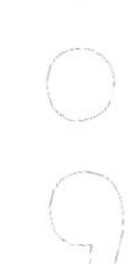

陆·

多年来太过劳累，至于那么重要的感情，反而无从争取，他要来便来，他要去便去。

想到在游船中与詹姆斯共度的愉快日子……我心中也忍不住有一丝温馨。

我扭开了电视，放置好“太空火鸟”电子游戏，决定把这副游戏机送给詹姆斯。

我这个属天蝎座的老友……世人做梦也想不到他的生活竟会这么枯燥乏味。

我恋爱了吗？如果没有，为什么心中总有牵动？

我有一份小小的无奈，我坐下来沉思。

敲门声把我惊醒，我高声问：“谁？”

“马小姐，”门外的回应彬彬有礼，“王后陛下的人。”

我连忙打开门，门外站着一位高贵的中年女人。

“她在车中等你，想与你说几句话。”

我低声说：“我也有话要说。”

“请随我来，马小姐。”

一辆黑色的大房车停在楼下，车窗是反光玻璃，看不到里面的情形。

司机替我拉开车门。

王后穿着一套粉红色硬丝便服，没有戴帽子，脖子上一串圆润的珠子，她目光炯炯地看住我，并没有微笑，也没有打招呼，态度比上次接见我坏多了。

“请坐。”她拍拍身边的空位。

我坐上车子，司机关上车门。

前座玻璃窗隔着一个保镖，车子随即缓缓向前驶动。

我看着自己的双手，简直不知如何开口。

王后叹口气，眼角的皱纹似乎比上次见她的时候深了。

隔了很久，我说：“我已准备离去。”

“到什么地方？”

“家。”

“他总会再去找你。”

“婚后他会安定下来。”

“你能够保证？”

我再也忍不住了：“为什么要叫我保证？为什么他的母亲不保证他？他的未婚妻不保证他？这难道是我的错误？我岂没有付出代价？我们平民子女也是血肉之躯，感情也会受到伤害。”

王后变色，我无惧地握紧拳头，瞪着她。

“我已收拾好，你随时可以安排我离开。”我说，“越快越好，我会感激你。”

王后用她那双蓝宝石眼睛凝视我良久，脸色阴晴不定，良久才说：“好，我安排你坐船回去，路程约一个月时间，这段日子内我相信詹姆斯会回心转意。”

“我也希望如此。”我说。

“今天晚上九时，我来送你上船。”

“陛下不必御驾亲征了。”

“不，我也不是不喜欢你，宝琳，只是我们无法成为朋友，我必须亲眼看你上船。”

我悲哀地问：“为什么把我视作眼中钉？”

“这种事以前发生过，我不想历史重演，我们现在对付每一个‘外头’的女人，都如临大敌。”

我低下头。

“宝琳，再见。”

车子停下来，是在公园附近，我下了车，眼看那辆黑色的大房车驶走。

我没有回公寓，我走到草地边的长凳坐下，沉思良久，自己也不清楚应该何去何从，只知道卷入这个旋涡，就该快快脱身。

事情放得再简单没有了，他们“家世”显赫，认为我配不上詹姆斯，即使做朋友也不可以，在一起走也不可能，我俩务必要被拆散。

而我呢，正像一般企图飞上枝头做凤凰的贫家女，有两条路可走，一是诱拐詹姆斯离家出走，他离了他的原居地，必定活不下去，或是活得不快活，这几乎是一定的事，然而感情是自私的，无论他母亲对他、我对他，都以本身权益为重。

我竟连斗争的意气都没有。

我已经太疲倦了，在香港，什么都要争：职位、约会、星期天茶楼的空位、风头、名气……多年来太过劳累，至于那么重要的感情，反而无从争取，他要来便来，他要去便去。詹姆斯有诉不完的牢骚，在象牙塔中，昏黄、橙色的阳光照在他栗色的鬈发上。

詹姆斯骄傲地、秀丽地诉说与我听，他家族过去五百年的逸事，他再不快乐，也不会飞入寻常百姓家的。

常令我心牵动的是，我曾伸出我那微不足道的手臂，救过他那纤弱的生命。

是以他母亲到了这种地步，还待我客客气气。

天色晚了，公园过了七点是要关门的。

我站起来走回去。

公寓中有两个女侍从在等我，我的衣物早已被收拾妥当，一式的深色行李箱。

我向她们点点头。

我的假期显然结束了，我问："几点钟的船？"

"九点整。"

我到浴间洗了一把脸，对牢镜子苦笑。

她们替我担起行李，我跟她们出去。好像一个犯人被押上路，甚至不给我机会与亲人道别。

客游轮叫“维多利亚”号，我被安排在头等平衡舱中，非常舒适，但即使像我这么爱享受的人，也不觉得有什么快乐可言。

我踱到甲板去，栏杆上站满游客，他们抛下七彩的纸带，好让送船的亲友接住。

我麻木地看着他们招手喊叫名字，一切都与我无关，船还没有开动，我已经想念詹姆斯。

他喜欢的旧歌叫《只为了你》，恐怕还是他父母恋爱时期的流行曲，男歌手诉说一千样事，都是为了他的女友：没有她，太阳不会升起，没有她，音乐不再悦耳，没有她，生命亦无意义，一切一切，莫不是为了她，现在再也不见如此缠绵的歌词了。

随着这首歌，我曾与他在“莉莉白”号上跳舞，他的舞跳得出奇地好，人出奇地温柔，除了慢舞，他还擅长森巴。

他也曾告诉我，他父母分床，而且不同寝室睡觉。

两个睡房中间有一扇门，随时打开了中门喊过去说话……我为此笑得前仰后合。

我们相识的日子并不长久，但我从来未曾与老史这么投机过——老史！

我悚然而惊。

老史还在我的公寓中等我呢，等我回去嫁他。

他等了好多日子了，这个老实可爱的人，想到他，我只觉歉意，也许姻缘真正到了，我们应该结婚了。

还有大姐，大姐会听我的苦水，想到这里，不禁有丝安慰。

等船正式开航，我却病倒了。开头以为晕船，但睡的是平衡舱，没有这个可能。船上的大夫来瞧过我，给了药，奈何我的热度总是不退，睡得腻了，披件外套，站到桌球室去看人家打球，撑不住，又到图书室坐下。

整艘船像一间酒店，应有尽有，不同的是我与外界完全隔绝，真是好办法，我喃喃念：真是除去我的好办法。

一星期后，我身体康复，却仍然虚弱，站在甲板上看泳池里的孩子嬉戏，儿童们永远玩得兴高采烈。

就在这个时候，天空传来轧轧声，我抬头一看，只见一辆军用直升机向我们这边飞过来。

孩子们抬起头迎接直升机，兴奋地叫嚷摇手。

船上的水手奔出来挥动指挥旗，很明显，直升机在甲板上降落。

我扯紧外衣，螺旋桨带动的劲风吹得我头发飞舞，我像其他乘客一样有点惊惶，不知道发生了什么事。

直升机停定在甲板上，孩子们围上去，机舱里跳下几个穿军服的人。

其中一个人大叫："宝琳，宝琳。"

我呆住了，张大了嘴。

詹姆斯，这不可能，是詹姆斯。

"詹姆斯——"我不由自主地举起手臂挥动。

"詹姆斯，我在这里。"我双腿完全不听大脑指挥，发狂地奔着过去。

奔得太急，我绊倒在地上，着实地摔一跤，伤了膝头，詹姆斯过来扶起我。

我不顾一切，在众目睽睽之下抱住他。

“宝琳。”他把我的头按在他胸前。

“詹姆斯。”我说不出话来，千言万语都噎在心中。

詹姆斯终于赶来与我团聚。

我大为感动，不能自已，他将我接上直升机，结束了我在“维多利亚”号上面两星期来的生活。

在旅程上我一直紧紧握着他的手，不发一言，我什么话也说不出来，不用说，我也懂得他经过些什么挣扎。

我轻轻问：“为什么？”

他微笑：“我不知道。”

我们连夜乘飞机赶到巴黎，我只懂得跟随他，我要做的也只是跟随他。

出了飞机场有车子等我们。

我认得巴黎，车子驶往市区，到达福克大道一所公寓，他拉着我的手下车，保镖仍然跟身后。

我俩步入公寓大堂，按电梯，到达六楼，两个保镖一左一右站开。

一个美妇人站在一扇古色古香的门外等我们，见到詹姆斯便张开双臂与他接吻拥抱。我没有见过这样美丽的女人，一头金发披满了双肩，穿件黑色吊带裙子，皮肤如羊脂白玉一般，那种颜色真是一见难忘。

她浑身没有一点首饰，仪态却玲珑七巧，身材略显厚重，但分外性感。

詹姆斯拥着我肩膀上前，他说："这是我的宝琳。"

"宝琳，"那美女说，"我听詹姆斯提起你已经很久了。"她的眼睛是碧绿的，犹如两块翡翠。

詹姆斯说："宝琳，这是我的表嫂，他们口中的那个著名的百老汇金女郎。"

我想：呵，原来是她。

她微笑："你听过我的故事？我丈夫的亲人对我真是侮辱有加。"伊的容貌，使人想起意大利文艺复兴时期大画家波提切利所画的维纳斯。

我目不转睛地看牢她，她亦凝神注视我，我俩拉着手。

她终于点点头说："怪不得詹姆斯要为你着迷，你像是传说中的东方倩女。"

她引我们进公寓。

詹姆斯有点匆忙："梵妮莎，我将宝琳交给你了。"

梵妮莎点点头："詹姆斯，你放心，我与菲腊会好好照顾她。"

我有一丝惊惶："詹姆斯，你去什么地方？"

詹姆斯似有难言之隐，他痛苦地转过脸。

梵妮莎微笑说："不要紧，宝琳，他只是去打马球。是不是，詹姆斯？他快连这个自由都没有了，女勋爵不喜欢运动呢。"

詹姆斯对我说："宝琳，我立即会来看你，有需要的话，告诉梵妮莎，你可以相信她。"

他说完这话，也不多留，急急就走了。

我非常彷徨，静默地坐在一张丝绒沙发上。

梵妮莎倒给我一杯酒，我接住。

她说："喝杯雪莱酒[1]，你会好过一点。"

干了一杯酒，我才有心思打量梵妮莎所住的公寓：真正装修得美轮美奂，全部巴洛克式设计，饰金装银，水晶吊灯，欧洲十八世纪家具，琳琅的小摆设，一架黑漆镶螺

[1] 雪莱酒：又译为雪莉酒（Sherry）。

钿的大屏风前是酒柜，玻璃瓶子中装着琥珀色的酒，在阳光中映到丝绒墙纸上去。因为公寓房子到底比较狭小，那么多精美华丽的东西挤在一起，显得不真实，像是舞台的布景，古怪得可爱。

梵妮莎放下酒杯，笑了："都以为这是我主意，将屋子打扮成这样，而实际上是菲腊的品位，如果你去过他们的'家'参观，你会发觉他们那里更像旧货摊古董店，几百年前祖宗留下来的杂物与规矩，无论管不管用，都堆山积海地搁在那里，他们有的是地方，有的是遗产，啊，真可怕。"

我耸然动容。

梵妮莎说下去："菲腊是皇位第十八位继承人，你的詹姆斯是真命天子，宝琳，我真同情你——我的日子已经够难过，不知受过多少委屈，何况是你。"

我不响，只是苦笑。

"听詹姆斯说，他用直升机把你载回来？这简直跟打仗差不多了呢，"梵妮莎笑，"于是你感动了，是不是？"

我点点头："我相信他对我使了真感情。"我说。

梵妮莎问：“你累了吗？要不要来看你的睡房？”

我摇摇头：“我不累，请陪我说话，请求你。”

“你心中惊怕？”梵妮莎问我。

我又点点头。

“詹姆斯对你好不好？”她问。

“我不知道，他需我陪伴他，但是我们又没有时间，开头是很美妙，那时候——”

梵妮莎接上去：“那时候你不知道他是詹姆斯太子。”她洞悉一切，她是过来人。

“那时候我们尽情玩耍、调笑、谈天，正如一般情侣，享受很高，现在……现在你追我躲，前无去路，后有来兵，因不知事情如何结局，我俩十分悲哀。”

梵妮莎轻轻说：“下个月他要结婚了。”

“是。”

“詹姆斯叫我令你开心。”她说道。

“谢谢你。”我将杯中的雪莱酒一饮而尽。

梵妮莎坐到我身边来。

梵妮莎的神情就像一只猫，那种汲汲的呼吸，洋妇特有的体臭，她也不例外，一应俱全，长长的睫毛一开一合，犹如两只小小的粉蝶，我迷茫了，像做梦一般，也不知是美梦还是噩梦，身不由己地尚要做下去，现在我来到这个地方，这个女人与我有同样的命运，伊坚持要照顾我。

但我情愿此刻在我身边的是大姐，我多么需要她的一双耳朵，她只要温言替我解释几句，我便有无限的窝心。

梵妮莎说：“詹姆斯叮嘱我，叫我令你不可与任何人接触。”说得很温柔，但语气太权威了。

我不言语。

“宝琳，我与你，也可以说是在一只船上，我们做人呢还是小心点好，王后陛下是一个精明厉害的角色，詹姆斯这次也真的为你犯了天条，”她非常诚恳，“我也不知为什么要帮着你们对付她，也是因为宿仇，想对她还击，然而爱是无罪的，别太悲观，宝琳，詹姆斯会抽空来看你。”

她喝许多的酒，但是酒量奇好，一直维持清醒，她斜斜倚靠在一张织锦贵妃榻上，金发如一道瀑布般散下，即使伊是个掘金女，相信有不少大亨会甘心情愿奉献，那边的人对她估价也太低了。

她终于放下水晶酒杯。

我问她："值得吗？这一切值得吗？"问得无头无绪，但相信她会明白。

她收敛了豪放的笑容，碧绿的双眼沉了一沉，良久她都说不出来。

她开始在阴沉的会客室内踱步，黑色的礼服使她增添了不少古典美，整个人与装修配合得天衣无缝，像是一幅宫廷画。

我提心吊胆地等着她的回复。

她终于转过头来，反问我："你爱詹姆斯吗？"

我说："我为这一切已经冲昏了头脑，我哪能定下神来问自己……你是否爱上了这个人？"

"答得好，但我想，詹姆斯是爱你的？"她又问。

我悲哀地答："你收留我做报宿仇的工具，而詹姆斯，他利用我争取自由。"

梵妮莎大笑起来，但那笑声中充满哀怨，我听得惶恐，站了起来。

她握住我的手："宝琳，你比我聪明，我被菲腊追求的时候，因过分相信自己的美貌与魅力，竟没有想到这一点。宝琳，菲腊厌倦王室生涯，到今日我发觉我不过是他逃脱那个环境的借口，我背着一身的罪名，有苦自知。”

我怔怔地看着她。

“让我们希望詹姆斯不一样的。”她苦涩地说。

“他到什么地方去了？”我问，“他可是真的打马球去了？”

“他去排练大婚典礼。”梵妮莎坦言说，“他的母亲在那里监视着。”

我问：“我在这里干什么？”

梵妮莎诧异地说：“等他嘛，像所有的情妇一般，等。”

我至为震惊，良久不能说话。

梵妮莎觉得不忍，连忙安慰我：“詹姆斯会善待你，他们都是大好的情人。”

我也只好笑了。普通人再浪漫，也不会出动直升机来把女朋友带回头。

梵妮莎再倒给我一杯酒，说：“干杯。”

“干杯。”我说。

那夜我躺在舒适的客房中，睡到半夜，还是不能决定是否要做一个逃兵。

玛丽王后陛下应当比我更尴尬吧，这是我唯一的快感。

第二天清晨，梵妮莎亲自为我捧早餐进来，还有一大束红玫瑰。

“亲爱的，”她坐在我的床头，“詹姆斯送花来。”她穿着桃子色的露胸缎长袍，简直是性感女神的化身。

我说：“我是乡下人，非得刷了牙才能吃东西。”顺手摊开报纸，头一版便看到詹姆斯的照片。

梵妮莎连忙抢过报纸，她说：“詹姆斯真人比上照好看。”

我默然，注视他照片身边的那个人。

“来，起床打扮打扮，在巴黎，如果不是从早玩到晚，简直辜负了好春光。”

我掀开真丝被起床。

“我介绍你见菲腊，”梵妮莎愉快地说，“他是个可人儿，你会喜欢他，他的一管鼻子长得跟詹姆斯一模一样。”

我披上袍子，觉得自己简直与梵妮莎混得成一家人了。

菲腊也不过只比詹姆斯大两岁，他比詹姆斯更加公子哥儿，且少了那份老成，他过来吻我的脸颊，又吻梵妮莎。

他闲闲的态度使人以为他认识我已有一段日子。

他说："詹姆斯最近风头劲得很哪。"

梵妮莎说："你这个讨厌的人，离了那边，又舍不得那边，若不是他们天天伸长脖子等我俩分手，我早去跟了阿拉伯油王了。"

一早便打情骂俏，很有生活情趣的样子。我只是转动着茶杯，不发一语。

菲腊凝视我："他们东方人的眼睛，阴沉沉的，里面仿佛有三千年的历史，再也看不透瞧不明白的。"

我抬起眼睛，仍然沉默，在遇见詹姆斯之前，我不过是一个活泼的、平凡的职业女性，现在我已成了半个传奇女人。女人的时价朝晚不同，视她们身边男人的身份贵贱而定。

菲腊说："宝琳，你不用紧张，日子久了，你会发觉，我们跟普通人没有什么两样，一样为琐事担心，一般的举债度日，贪图享受，举例我本人来说，实在跟市面上的二流子毫无分别。”

菲腊吐吐舌头：“我们两个在巴黎的名誉坏透坏透，但人们仍然敷衍我们……虚伪的大千世界。”

我明白，这些人是害怕菲腊会忽然得势。在香港，放太子账的人也多着。

下午梵妮莎陪我去买衣服。在著名的时装屋内，模特儿穿着最新的时装在厅堂中为少数的顾客表演，梵妮莎兴奋地指指点点，向我推荐，其实她不知道，我身边一个钱也没有。

英俊潇洒的时装设计师来到梵妮莎身边，她与他耳语，瞧他们的眼神，就知道在议论我，我一笑置之，既来之则安之，乐得增广见识了。

那位像电影明星般的设计师立刻对我另眼相看，蹲在我身边为我解释：“这件金黄的羊皮迷你裙是最新的，用途广泛，适合夜间也适合日用，柏隆玛・毕加索[1]有一件。”

梵妮莎在一旁听了便讪笑：“她穿了我们也得跟着穿？

[1] 柏隆玛・毕加索：又译为帕洛玛・毕加索（Paloma Picasso），著名画家巴勃罗・毕加索的女儿，主要从事珠宝设计。

她爹穿过又不同。”

我心情再沉重也笑出来。

设计师知道说错了，很嗲地推梵妮莎一下，我这个人的小家子气露了出来，看不惯，顿时皱皱眉毛，梵妮莎看到了，便建议去吃茶。

我已觉得百般无聊，这种生活完全不适合我——漫无目的，吊儿郎当，在一个陌生城市中，举目无亲地糜烂下去……

菲腊见到了我，立刻知道我不开心，很知趣地问：“思家吗？”跟着说了许多笑话。

他们如此哄着我，也不外是因为詹姆斯的缘故。

我勉强笑道：“你们的食谱仿佛只包括鱼子酱与三文鱼及香槟。”

梵妮莎笑说：“伊想念杂碎及咕噜肉呢。”

侍者将菲腊请了过去听电话，菲腊匆匆回来跟我说：“宝琳，詹姆斯来了，你快跟我走。”

“叫他来这里。”我抬起眼说。

菲腊先一怔，显得不耐烦，随即按捺着性子轻轻跟我说："他不方便露脸，你总得多多体谅他。"

我无言，因他说的也是实话，我跟了他去。

梵妮莎笑吟吟地说："菲腊，别让她勾引你呵。"

虽是笑话，我觉得非常刻薄，心中不悦。

詹姆斯在公寓等我，我已有太多的话要对他说。

菲腊知情识趣地退开，临走之前向我们眨眨眼。

我发牢骚："你的表兄像一名龟公，他手下的红牌亚姑是梵妮莎，现在几乎要把我也收入麾下，编一部应召的名册。"

詹姆斯骇笑，一边轻轻掌掴我的面孔："你这张嘴。"

"我不想与他们在一起。"我闷闷不乐。

"且慢诉苦，先让我看清楚你。"他握住我肩膀。

我看着他的栗色头发，伸出手来，摸摸他的头，他苦笑。

"你母亲可好？"我问。

"她几乎扼杀我。"

"不是我？"

"她是个黑白分明的女人。"詹姆斯笑，"冤有头债有主。"

"你呢，你的马球比赛可顺利？"我客气地问。

“尚可。”他双手绕在背后。

“听说你是世界十名好手之一呢。”越来越陌生。

“我们为何说些这种话？”詹姆斯苦恼地反问。

我轻轻问：“我们应当说些什么？”

“宝琳，让我们开开心，度过这两天。”他恳求说。

“你有两天假期吗？”我问，“那两天之后呢？”

“宝琳——”他转过身子，我对他那寂寞的背影至为熟悉。

我心软了：“詹姆斯，我陪你至你大婚，好不好？”

“好。”

詹姆斯转过身子来：“现在连我未婚妻都知道这件事了，有没有大婚这件事尚不知道呢。”

我瞠目：“可是纪念品都出来了……瓷碟、金币、邮票……你不结这个婚怎么行？”

詹姆斯也瞪着我：“你们仿佛都忘了一件事，我是新郎，这是我的婚礼，我不爱去就不去。”

“我的天！”

我张大了嘴，这个祸闯大了。

“我已经告诉她，我不爱她。”

“她是谁？是你母亲，还是未婚妻？”

“比亚翠斯女勋爵。”他冷静地说。

“天！”

“别担心，她也并不爱我，我们是纯粹被撮合的一对，伊听了并没有伤感，只是激动生气，伊只是问我，你是否是一个美丽的女子。”

我面色惨淡地坐在一角。

“比亚翠斯只有十九岁，她尚有许多事不明白。”詹姆斯说，“但她也并没有跑到我母亲面前去哭诉，她是一个有教养的好女孩子，我对她深感歉意。”

“詹姆斯，你真正需要的是什么？是自由，还是我？”我问他。

“两者，我只想做一个普通的人。”

“詹姆斯，你有没有看过《超人》电影？你听我说完，别不耐烦——我并没有把话题扯远，在那部电影中，超人为了爱情，放弃他的异能，做一个普通人，可是失去武功之后，他彷徨失措，不能适应，终于他回去寻找他大能的父，恢复本来的身份。这个教训太大了。詹姆斯，我知道你很烦躁，甚至有时候，心情不佳，事事受牵制的时候，你真心情愿放弃太子的地位，但是你可曾静心问过自己，你离得开你父母吗？”

他大声斥责我：“我千辛万苦抽出两天时间，并不是来听你教训的。”

我的声音也拔高：“无论你喜不喜欢，你最好听完这段演说，阁下。”

“我们已为这个问题争吵太多次了。”

“那皆因为你不肯面对现实。”

“我走了出来，你会接受我？”他喝问，“你跟牢我，难道不多多少少因为我是太子？”

“说得好，”我喝彩，“如果你是个普通洋人，你以为我会跟你来巴黎与高级交际花混成一堆吗？”

他脸色铁青：“马宝琳，我佩服你。”

我大声说：“你要人对你说坦白的话，我就是那个丑人，事情拆穿了，不过如此，两个身份、地位、家世不同的人在一起，根本没有幸福，菲腊与梵妮莎过的是什么日子，你最清楚，他们并不是神仙眷属，那只是小报编来唬人的故事，菲腊连腕表都是镀金的假货，你以为我没看到？你让我做第二个梵妮莎，我不是女伶，我办不到。”

詹姆斯一伸手，将房中那瓶花扫到地上。

我怔怔地看牢他，他并未见得爱上我，但是天杀的，我却爱上他。

蔷薇泡沫

柒·

他喃喃说：『我一生中，最快乐的日子是如今。』

我知道，因为我开始对他说真话，我开始伤心，开始在乎。

有人敲房门，是菲腊推门进来，他其实一直在门外窃听，如今进来做和事佬。

不知如何，我忽然觉得菲腊的金发油腻，蓝眼睛再努力也像毛玻璃般毫无神采，但是还那么毫无目的地打扮着，没落贵族的凄凉袭胸而来，他与梵妮莎只适合在夜间出现，白天在阳光的透视下，只觉千疮百孔，完全不像真实世界里的人，只像落魄戏班子里的男女主角。

想到詹姆斯离家出走，不久也会变成这样，临老靠一本回忆录度日，我不禁悲从中来，顿时退后两步。菲腊却还赔着笑问："别吵别吵，春宵苦短，你们还吵架？将来是要后悔的。"

詹姆斯撕破了脸，他不理菲腊，一直问我："你以为我能走到哪里去，凭一张历史系的学士文凭能去到哪里？"

我说："可以像我的未婚夫一样，在中学教书，自给自足，可惜你没有这个勇气。"

菲腊见我这样侮辱他，苍白了面孔，掩住嘴说："呵，宝琳，小心。"

"我不必小心。"我转头对菲腊说，"因为我对他无所求，我不求他的金钱名望，亦不求他的时间。"

詹姆斯紧握着右手的拳头，看牢我。

"我要走了。"我说，"我想回家。"

真的，即使对牢奥哈拉，与他再来一场职位争夺战，也强过在这里流落，名不正言不顺。

"我要回家结婚。"我说。

"我不准你走。"詹姆斯说。

我冷笑："你有什么资格这么说？"

菲腊喃喃道："天呵天。"

我说："我要回去了。"

"我可以没收你的护照。"

"詹姆斯，别幼稚好不好？"我直视他，"理智一点。"

"我不会让你走。"他握紧着拳头。

"如果在我鼻子上揍一拳会令你好过一点，请那么做，"我说，"但我走是走定了。"

菲腊说："宝琳，发脾气管发脾气，他到底是太子。"

菲腊这个人完全是说不通的，我径自回房收拾行李。

菲腊跟进来："你是要威胁他，是不是？你是要逼他离开家庭，是不是？"他在一边苦口婆心地劝我，"他离了家，什么也没有，你也跟着失去一切，你这么简单的道理也不明白？看我这个'榜样'，我现在只余一个名衔与一个空壳子。"

我深深叹一口气："菲腊，我多谢你的好意，我们两个人的事，由我们自己解决，好不好？你不用插手。"

"哟，"他说，"狗咬吕洞宾了。"

"如果我再在这里混下去，我真的会变成一条巴儿狗。"

菲腊被我抢白，退在一边，说不出话来，脸上阴沉得很。

詹姆斯进来，他对菲腊说："宝琳不是想威胁我。"

我心里不知哪里牵动，有一丝绞痛，到底是他尚明白我。

菲腊赌气地走了。他重重关上公寓大门，这会子真的放弃了。

我扶着詹姆斯的双肩，跟他说："詹姆斯，我不想你离开父母，我亦不想与你混下去，我太明白情妇的生涯，再过一阵子，或许你会把我嫁掉来掩人耳目，但始终我们会藕断丝连……太丑恶了……詹姆斯，我们曾经有一个美丽的开始，记得吗？史密夫先生？"我微笑，"现在让我默默地走，或许可以留同样美丽的回忆。"

詹姆斯双眼发红："我看电影，无论戏多坏，都要等到终场。"

"我们中国人讲究抽身要早，"我说，"詹姆斯，到曲终人散、脂残粉污、一塌糊涂的时候才放手，又有什么好处？"

"你如此就走了，我一辈子也不甘心。"

我苦笑："要令一个男人一辈子不甘心，也不是那么容易的事。”而且不甘心的应当是我。

“如果你决定留下来，我会安排你的前程。”

我问：“安排我与梵妮莎同住？我知道留下来也不是太大的难题，贵国太子哪个没有情妇？只要那女人乖乖地不出声，一切真不是稀奇事，但我真的情愿回家。”

“家有什么在等你？”詹姆斯问。我拒绝作答。

“你说你会陪我，直到我结婚那一日。”詹姆斯说。

我一边折衣服一边说：“我真后悔说了那么痴心的话。”

詹姆斯坐下来：“一言既出，驷马难追。”

我合上箱子：“至少让我搬到酒店去住。”

“怎么回事？你不喜欢梵妮莎？”他问。

“坦白地说，我尚未沦落到她那个地步。”

“你有偏见，宝琳，你像我母亲，一听到女伶两个字头就痛。”

“伊现在听到‘中国女’三个字，尊头恐怕更成顽疾。”我赔笑，“自然这一切千错万错，也不会是詹姆斯太子的错。”

“宝琳，任你嬉笑怒骂——”

这时候梵妮莎一阵风似的吹进来，一边嚷：“怎么了，怎么了？‘中国娃娃’跟太子吵架？大家先坐下来吃杯茶，有事慢慢说——来人哪，准备蜜糖与薄荷茶——有什么大不了的事儿呢，人生弹指间即逝，至紧要是及时行乐，宝琳，詹姆斯，快快亲吻原谅对方，记住，我们最大的敌人不是玛丽王后，而是无情的时间。”

她那似是而非的哲理令我无措，又不便发作，梵妮莎有梵妮莎的一套。

“啊唷，”她甩一甩金发，眯着眼睛说下去，“你们这一吵，岂非乐坏了比亚翠斯女勋爵？我与她虽没世仇，奈何我好打不平，她算老几，不外是懂得投胎哩，一出世就算定是太子妃的命，我不信这个邪，是不是，詹姆斯？”她向詹姆斯抛一个眼风。

我看在眼内，梵妮莎那女戏子的浑身解数完全使将出来了。这么美丽的女人，这么伧俗的举止谈吐，我深深惋惜。

詹姆斯没有回答，可知梵妮莎已说到他心坎里去，梵妮莎深谙攻心之术。

但我淡淡地说：“懂得投胎，才是至大的学问呢。”

梵妮莎诧异了，她心中一定在想：这黄皮肤女人，好不难缠。

下人在这个时候送了茶来，银制的茶具盛在银盘上，银盘搁在银车上，累累赘赘地推出来，煞有介事，不过是吃口茶而已，也这般装模作样，真令人恨恶，茶壶柄太烫手，茶不够浓，牛奶不够新鲜……一切都是有姿势，无实际，像足了詹姆斯这个人，但不知为什么，我为同样的原因而爱怜他。

我说不出为什么，也许是因为他为我吃了苦，我叹口气。

梵妮莎上阵来把我们敷衍得密不通风。

不过我情愿自己是在家里，我怀念父母亲留给我那间窗明几净的小公寓。

在这里，连台灯都是镀金柄上的一朵玫瑰花，光线幽暗，不知是为了遮丑还是遮皱纹，我无言。

又一次地被詹姆斯留住，我并不是坚强的女性，也没有再坚持搬去酒店。

我一行四人前往法属维特。

白衣白裤的詹姆斯站在海风中确有一种贵族的幽怨及骄傲。

我们拾了一只网线袋的贝壳，又丢回水中。

梵妮莎把一只骨螺贴近耳朵，咯咯地笑，说道："我没听到海浪声，但我听到沉重呼吸及不能复述的猥琐语。"

詹姆斯与我坐在沙上，他说："梵妮莎对我们来说，真是一项刺激，菲腊就是如此被吸引的。"

"我呢？"我轻问。

"你不一样，你是我的爱。"他吻我的手。

"难道不是因为我粗鲁不文，给你新鲜的感觉？"

"谁敢说你像梵妮莎？"他说。

我看往海的尽头，浪花连着天，我想家，我真的无穷无尽地想着家。我想回到我所熟悉的城市，坐在惯坐的咖啡室，把大姐找出来，问她什么洋行在聘什么人。

我脸上必然已露出寂寞的神色，我不过是一株小草，一点点泥土露水，就能生长得健康活泼。人鱼公主不知有否后悔，但嫦娥是必然厌倦了月宫中的生活。

詹姆斯说："我想念那个敢作敢为、无忧无虑的马宝琳小姐。”

“我可是凋谢了？”

他没有回答。

晚间我们去跳舞，在夜总会遇见无数著名人士：明星、过气政客、国际交际花……我以看马戏团的眼光览阅他们的脸，他们对我也同样地好奇。

一位浓妆的东方女子穿得美轮美奂，在无穷的纱边及缎带点缀下，走过来向菲腊与梵妮莎打招呼。她很老了，穿的衣服比她的年龄差了十五年，脖子上数百卡钻闪闪生光，然而感觉上如假珠宝一般，她凑近来观察我，忽然之间我想到她双眼必然已经老花，忍不住笑了出来。

她见我笑，也只好笑，那张整过容的脸的五官在一笑之下原形毕露，被拉扯得近乎畸形，我连悲哀的心情都没有了，在闻名不如见面的压力下，我一点也不觉得这个矮且瘦的老东方女人有什么美态，一点也不觉得。

她亲昵地用法文问我：“据说你是中国人？”

我用法文说：“我不会说法文。”

“可是亲爱的，你必须要学习。”她兴致勃勃地教导我。

“等我住定了，我会尽快学。”我礼貌地答。

“你住哪儿？”她在探听秘密。

“还有哪儿？”我和蔼地答，“当然是辛德瑞拉的堡垒里。”

她似乎很欣赏我这类幽默感，对我更加表示兴趣：“如今好了，我有伴了，”故作天真地拍着掌，“大家东方人有个照顾。”

我浑身起着鸡皮疙瘩，我保证她有五十岁，这就是超龄情妇们的下场？

她悄悄与我说知心话：“如今我们的地位也提高了。”满足地笑一笑。

“啊！”我点点头，然而我阅报知道，她那个西班牙老伯爵并不肯娶她。

“你身上这件衣服是最近在迪奥屋购买的吧？”她打量着我。

我不想作答，拉了菲腊跳舞。摄影记者开始对牢我们“咔嚓咔嚓”地拍照。我跟菲腊说：“詹姆斯会尴尬的，我们走吧。”

“亲爱的，你对他产生了真感情，你好替他着想呢。”

对于他们称呼每个人为“亲爱的”，我亦接受不了。

一晃眼间，丝绒沙发上已不见了詹姆斯，我急急撇下菲腊去找他。

人头涌涌，好不容易寻到他的影踪，已急出一身汗，他躲在夜总会门口的喷水池旁吸烟。

我轻笑道：“别忘了你是不吸烟的。”

他转头，见是我，松口气：“我见你玩得很高兴，便出来走走，里面太热闹了。”

真的，推门关门间，都有音乐传出来，清晰可闻。

我说：“詹姆斯，让我们在花园起舞，这里没有人拍照片。”

“好。”他笑了。

我们轻搂在一起跳了一支华尔兹，我哼着那首歌曲，在这一刻，我仍是快乐的，世事孰真孰假，根本难以分辨，何必过分认真。

音乐近尾声时淅淅下起雨来，我们躲在棕榈树下，一下子就成了落汤鸡。

我咯咯地笑。

身上的晚装料子极薄，淋了雨，贴在身上，像一层薄膜。

詹姆斯说：“你身子单薄，你会得病的。”

我笑：“无端端地咒我病。”

“要不要回去？”

“散散步再说。”

雨点相当大，但零零落落，像极了香港的分龙雨。那时上班，常常这样子一阵雨就毁了人的化妆发型衣服，好不懊恼。

现在环境不一样，我大可以爱上这个雨，何止是雨，还能爱花爱红呢，我叹口气。

“以前你是不叹气的。”詹姆斯说。

我拉拉他湿漉漉的领花：“因为以前叹息也无人听见。”

他笑笑。这么好脾气的男人，又这么体贴，我暗暗想，如果他只是银行大班，我嫁他也是值得的。

他有一种史蒂芬所没有的温婉。老史这个人，像铁板神算，一是一，二是二，吃不消他。

我拉着詹姆斯的手散步回旅舍，雨早停了，凉风飕飕，衣服半干。

詹姆斯说："多少人回头来看你，宝琳，你是个女神。"

我笑："即使是个女神，也因为你提升我的缘故，那时朝九晚五地苦坐写字楼，谁也不会多向我看一眼，一千个马宝琳，有啥子稀奇。"那时格于环境，我掷地有金石之声。

现在罢工在野，整个人流利活泼起来，又有一般黑市女人的幽怨，自然活泼新鲜玲珑，加上衣着首饰，不是美女也得化为美女。

我太明白了，经过这一役，我再也不是以前的马宝琳。

回到旅馆，我俩换了衣服，叫了食物，坐在宽大的露台上看风景。

我说："月亮已出来了。"

"别开玩笑，哪有月亮。"他笑。

"看。"我指指天上散了的乌云。

他抬起头看那一轮明月。脸上一丝孩子气立刻激起我的爱恋，我拥抱着他。

过了良久，我们喝完了整瓶香槟，天也蒙蒙亮了。

他喃喃说："我一生中，最快乐的日子是如今。"

我感喟，呀，然而他一生还长着呢，我相信他的话，但将来永远是未知数，等着他的快乐多得很：加冕，孩子们出生，权势的扩展……到时他会忘了我，即使没有忘记，我也似旧照相簿中一张发黄的照片，不知在何年何月何日何处拍摄，丢在抽屉角落中，永远不再面世见光，与灰尘蛛丝网做伴。

但今天他说这是他一生之中最快乐的一天，我就已经满足。

我整个人轻快起来，倒在床上。

“好好睡一觉。”詹姆斯说。

“你呢？”我问。

“我当然做正人君子，到隔壁去伴菲腊下棋。”他答。

我们两人相视而笑。

我睡得这样酣，整张脸埋在鹅毛枕头中。

直到身畔有人轻轻敲桌面，我才呻吟一声。

敲声一停，我又继续睡，连头都没力气转，日夜不分。

“宝琳——”

我努力睁开眼：“詹姆斯？”呻吟。

“宝琳，你醒一醒。”

“啥事？”我问，“什么时候了？”

“宝琳，我父亲在这里。”

“哪里？你又要回家了？呵，真是春宵苦短。”我打个哈欠。

“宝琳，他在此地，这里，房间中。”詹姆斯仍然好耐心。

我体内的瞌睡虫立刻一扫而空，眼睛睁大，一骨碌坐起在床上。

房内窗帘密拢，光线很暗，远处在茶几旁，安乐椅上，坐着一个男人，而詹姆斯则在我身边。

我嘘声低问：“为什么不在客厅招呼他？”

詹姆斯说：“他喜欢在这里接见你。”他在微笑。

我抓过晨褛披在身上，用脚在床畔搜索拖鞋，因詹姆斯的笑脸，我精神也缓缓镇定。

那位先生问：“要不要开灯？”声音低沉而权威。

我说：“啊，不用。”我的脚已碰到拖鞋，一踏进去，立刻有种安全感。

他背光坐着，我看不清楚他的脸，只见到轮廓。

詹姆斯陪我坐在一张“S”形的情侣椅子里。

那位先生隔了一会儿说：“确实较比亚翠斯漂亮。”他停一停，“比亚翠斯这个孩子，吃亏在块头太大，又没有内容，一目了然。”

我不知怎么回答，眼光转到詹姆斯身上，詹姆斯叹息一声。

卧室内一片静默。

又过了很久，他问我：“马小姐，你可爱我的儿子？”

我想了很久，当着詹姆斯的面，我说：“不。”

詹姆斯“霍”地站起来，他焦急且生气：“宝琳——”

他父亲笑：“詹姆斯我儿，我认为她是爱你的，因为她尚肯为你撒谎骗你。”

这句话詹姆斯可听不明白，但钻进我耳朵里却全不是滋味，我顿时哽咽起来。

“马小姐，这次我特来看你。”他说。

“我知道，”我轻说，“都想瞧瞧这个狐媚子，干脆将我装进笼子里，一块钱看一看。”

詹姆斯摇摇头，而他父亲却呵呵笑。

他比他妻和蔼得多，但即使是他妻，也是个合情合理的人，我不应怨她。

“马小姐，你总该明白，你与詹姆斯之间是没有前途的。”他说。

“我懂得，与有妇之夫来往，一律缺乏前途。”

他咳嗽一声：“我是说，他身为太子……”

我说：“他只是一个普通人，较为富有，但一切都与一般人一样，蓝色的血液并无使他成为先知，真是悲剧。”

詹姆斯的父亲怔一怔，随即说：“马小姐，家主婆说得不错，你也并不是大胆，但你的过人之处是将所有的人一视同仁。”

我苦笑。

詹姆斯急了：“父王——”

他侧侧头：“如此可人儿，可惜已是二十世纪八十年代，新闻媒介如许发达，你若再与她来往，纸包不住火呢！比亚翠斯前日取了一张欧洲小报来质问我（咳嗽）——这个孩子也太不懂事，什么都要摊开来说，也没有人教教她，也难怪，自小没娘照应的。”

詹姆斯问：“父王，你怎么说？”

“我？”他沉吟，“我问她：‘假使报上说的新闻属实，你还嫁詹姆斯不嫁？’她哭了。她太年轻，眼睛里揉不下一粒沙子。”

我非常不忍，叹息曰：“告诉她，我只是黑夜，当太阳升起，一起归于虚无。”

詹姆斯说：“父王，我与比亚翠斯之间，实在连多说一句话的兴致都没有。”

老先生又咳嗽一声：“夫妻之间的感情可以培养。”

“我能不能保留宝琳？”詹姆斯终于开了口。

老先生感喟：“詹姆斯我儿，马小姐不是被人‘保留’的女人，你如果不能娶她，就得放她走。”

詹姆斯掩住了脸。

老先生叹息：“詹姆斯你承继了我的懦弱。”

我忍不住说：“陛下，中国人有句话，叫作‘大智若愚，大勇若怯’。我认为如果詹姆斯真的懦弱，他可以像菲腊般一走了之，反正王室也不能饿死他，吊儿郎当，美其名曰为他所爱的女人放弃一切，而实则上什么也不用做，那多好。”

老先生默然。詹姆斯紧紧握住我的手。

“陛下，你不必担心，也不必拿话来僵住我，好激我乖乖退出。”

“陛下，你这样的老先生，我见多了，因有点产业——专替儿子挑媳妇，又怕儿子不乖，被坏女人引诱。”

他没有出声。

“詹姆斯，你跟你父亲回去吧。”

“宝琳，你何苦一生气就赶我？”

我绕起双手：“嘿。”无言。

他父亲说：“詹姆斯，你的‘马球约会’已经太频了，应告结束，切勿拖延，长痛短痛都是一痛而已。”

“说得好！”我怪声喝彩，“现在我可以有更衣的机会了吗？”

因心中极端不快，我的声音变得尖锐刺耳。

“对不起，马小姐。”老先生站起来，向我欠欠身。

詹姆斯送了他出去。

我站在床边，也不觉悲愤，只是替自己不值，这位老先生又比惠尔逊公爵高明了，骨子里对我态度却完全一样。

我蹲下提出行李，好好地淋一个浴，收拾细软，大件无当的跳舞衣裳全部留下，换上了旧牛仔裤与T恤，而詹姆斯亦尚未回来。

他给的首饰全部塞进一只织锦袋中，扔在床角，当我做完了这一切，詹姆斯还没有回来，他恐怕送他父王送到天不吐[1]去了。

我抓了那只轻型旅行袋就下楼。

詹姆斯到此刻最后关头尚未回旅店，在大堂我略做徘徊，十分彷徨。

我走向大门，有人叫我："马小姐！"欧洲口音。我以为是詹姆斯，一回头，看到张陌生面孔。我狐疑。

"马小姐，"年轻而轻浮的面孔，不失英俊，"我是《太阳报》记者——"

"你敢按一下快门，我就功夫你。"我恐吓他。

---

[1] 天不吐：又译为通布图（Tombouctou），旧称廷巴克图（Timbuktu），马里历史名城。此地名在英文中常用来指代遥远、未知、难以到达的地方，类似中文里的"爪哇岛"。

他扬起手：“听着，马小姐，我不会做令你不快的事。”

“听着，我们可以合作，马小姐，只要你接受我独家访问——”《太阳报》记者说。

“你听着！”我暴喝一声，“如果你不设法令你自己在十秒钟内消失，我便令你后悔一生。”

“啧啧啧，马小姐，大家出来捞世界的人——”他嬉皮笑脸。

忽然之间我的积郁如山洪暴发，我号啕大哭，把全身所有的力气贯注到右臂，重力出击，向他的右眼打去，他陡然不防，中了一拳，痛得怪叫，倒在地上。

我疯狂地扑过去扯下他的相机，摔到墙角，跌得稀烂，成为堆烂铁，还未泄愤，我举起脚向他踢去，嘴里骂尽了全世界的粗话：“你这个 ××× 狗娘养的东西，连你也来侮辱我，×××××，老娘让你得了便宜去（此处删去三十七字）……我也不用活了。”

他被我踢了数脚，站不起来，大叫：“打人哪，来人哪，打死人了——”刚站起来又滑倒在地。

我抹了抹眼泪。

一位优雅的中年妇人鼓起掌来：“打得好打得好，是《太阳报》吗？大快人心。”

我看她，她有四十多岁了，一张长方脸熟悉十分，我在报上看过她的照片无数次，她正是那位著名的寡妇。

“你是——”

她微笑：“别提名字，我们没有名字。”

正在这个时候，有人将我拉开，是詹姆斯的保镖：“马小姐，快回房间去，殿下急坏了。”

我只好在地上拾起行李，跟保镖走。

那蹩脚记者的喉咙像受伤的公鸡，他在拼了老命叫：“马小姐，你会后悔，你要吃官司……啊哟——”大概那一拳还叫他痛得吃不消。

詹姆斯在房内，他铁青着脸。

我坐下，保镖退出。

“你打了人？”他责问我。

“又怎么样？”我反唇相讥，跷起二郎腿。

“你下楼干什么？”詹姆斯又问道。

“我下楼是因为我有两条腿，我他妈的不是王室金丝雀！”我拔直喉咙大喊。

他气结，不言语。

“我已把所有的东西还你——”

“宝琳，说再会的时间到了。”

我看着他：“哦。”就这样?

“我要回去了。”

“我明白。”长痛不如短痛。

“宝琳，我送你的东西，请你千万保留。”他恳求。

我木着一张脸：“谢谢你。”

“我有不得已的苦衷。”他说。

我点点头。

“我将一个保镖留在此地照顾你。”他的声音越来越虚弱。

我不出声。

“对不起，宝琳。”他哽咽。

我想说些动听的话，奈何力不从心，只好扬扬手。这样就分手了，挥一挥衣袖，不带走一片云彩。他曾说过，他是那种不到戏完场不肯罢手的人，没想到情势一急，各人还是只顾各人的事去了。

“你不必道歉。”我呆说，“你走吧。”

詹姆斯沉默良久，当我再转过头来要跟他打招呼的时候，他已经不在我身后了。

他走了，这样静悄悄地，连脚步声都听不见，一去无踪。

我叹一口气，这件事完结得无声无息——原应如此。

电话铃响，我动一动念头，马上跑去接听，那边先是一连串粗话，然后说：“你马上会接到我的律师信。”我呆住。

“你是谁？”我一点儿头绪都没有。

“《太阳报》记者。什么？打了人就忘了？”

我无精打采：“随便，抓我去坐牢吧，坐终身徒刑，只有好，我也懒得动。”收了线。

有人敲门，我说：“进来。”

来人是詹姆斯的保镖。“马小姐，”他是一个高大彪形的洋汉，有点怕，难为情的样子，“我向你报到。”

我说：“有人要控告我呢，你预备替我接律师信吧。”

又有人按铃。

“是谁呢？”詹姆斯走了，还这么热闹？

是侍役送来一大束玫瑰花，花束上有卡片，上面写着“你做得好，谢谢你代表我殴打《太阳报》记者”，那个签名很熟悉。

是那个四方面孔太太送给我的，我知道。我将花搁在一边，她也备受这些小记者的骚扰。

我问保镖：“你叫什么名字？”

“我编号B三，小姐。”

“很好，B三，这里的房租，詹姆斯垫付到几时？”

“殿下说你可以无限期住下去。”

无限期？我苦笑，我才不要无限期住下去，我要回家。

“如果我要回家呢？”我问。

“我会护送你，小姐，”他答，“一切凭你的需要。”

“我想到楼下的酒吧去喝杯酒，你可以回家去了。”

B三说：“小姐，我奉命保护你。”

“你走开，我不要你在身边啰啰唆唆的。”我生气。

“是，小姐。”

我打开门，走到街上，钻进一间叫“可巴克巴拿”的酒吧，挑了一张高座位坐下。

“魔鬼鱼混合酒。”我说。其实我顶不爱喝混合酒，味道永远像廉价香水。但是今天我出奇地憋闷，喝了一种又一种，下意识我是企图喝醉的。

当一杯“红粉佳人”跟着“蚱蜢”之后，再来一个“夏威夷风情”，我就开始觉得人生除死无大碍了。

奇是奇怪明天太阳还是照样会爬起来，一点也不受我狼狈的心情影响。可是在我的小世界里，我一样把自己的喜怒哀乐视为最伟大的事情。

我有点酩酊，朝酒保傻笑。

“嗨。”有人跟我打招呼。

我转头。

是那个《太阳报》的记者，又碰见他了，真是天晓得。

“你好。”他说着一屁股坐在我的旁边。

他被我打伤的下巴贴着纱布、橡皮胶，样子很滑稽。

“喝闷酒吗？我来陪你如何？”他搭讪。

“你还死心不息？”我诧异地问，“我不会跟你说任何话，你放心，我没有喝醉。”

“你已经醉了，马小姐。”

“你的律师信呢？”我问，“我在等。”

“明早便送到你手中。”他说，“祝你好运。”

我叹口气：“我一生与幸运之神没碰过面呢。”

“如果你给我独家消息，我们可以握手言欢，重归旧好。”

我斜眼看他，夷然说：“真好笑，我干吗要跟你这种人握手，快快走开。”

他颓然：“你们都看不起我。”

“你像一只苍蝇。”我说，“谁会爱上一只苍蝇？”

“你至少可以尝试一下。”

“苍蝇？没可能。”我摇摇头。

看样子他也有点酒意盎然，他说：“看，没有人愿意给我一个机会。”很沮丧。

我哈哈大笑起来，差点没自酒吧的高凳上摔下。

他气道：“你这个幸运的小女人，你不知民间疾苦。”

“我不知疾苦？我的疾苦难道还告诉你不成？”

我说：“嘿，给人刮了耳光，我还得装笑脸安慰那个人，问他的手痛不痛，大叫打得好打得妙呢。为了生活，我什么委屈没受过？除了没卖过身，眼泪往肚里吞的次数多得很呢。”

“说来听听。”《太阳报》记者说。

“我干吗要说给你听？我的苦恼，只有耶稣知道——”我唱将起来，“耶稣爱我万不错，因有《圣经》告诉我，主耶稣爱我，主耶稣爱我，《圣经》上告诉我……”

“你喝醉了，马小姐。”是B三的声音。

“B三，我叫你走开，你怎么不走？”我很恼怒。

“马小姐，我护你回去。”B三不由分说，拉起我就走。

我被他挟持着回旅馆。

我飘飘然只觉得浑身没半丝力气，一下子就沉睡过去。我没有那么好福气睡到天亮，我被阵阵头痛袭醒，眼睛肿得睁不开来，呻吟着滚下床来，抓住床背站好。外头会客室有灯光，我看到B三坐在那里喝牛奶、吃麦维他饼干，一边看电视。

这人真懂得享受，我哼哼唧唧地跑出去，坐在他身边，吓了他一跳。

“什么片子？”

“《雪山盟》。”他不好意思，“老片子了。”

“海明威的《乞力马扎罗的雪》？”我问。

“是的，小姐。”他有点意外，“你看过这部电影？”

“我肚子饿了，有什么吃的？”我问。

“我替你下去买热狗可好，小姐？”他说。

“谢谢你，我实在走不动。”我把头搁沙发背上。

电视声浪很低，我两眼半开半闭地看起电视来。我得回家了，一定要回家，我不能如此崩溃在异乡。

有人推门进来。

“可是你，B三？”我问。

“你跟B三做起朋友来了，啧啧啧。”

我抬头，是爱德华，英俊的爱德华。

“爱德华。”我的救星。

“嘘。”他挤挤眼，一只手指放在嘴唇边。

“你怎么来了？”

“我是爱的仆人，”他念起十四行诗来，“受灵魂的差遣，忠于我的主人……”

“詹姆斯他——”

爱德华把热狗及牛奶递给我，面色就转得肃穆了：“宝琳，詹姆斯后天结婚。”

“我知道。”我咬一口热狗，面包像蜡一样的味道。

“你看上去很凄惨。”爱德华说道。

“两个人当中选一个，”我说，“而我永远是落选的那一个。”

“虽败犹荣，对手太强。”爱德华安慰我。

我马上努嘴：“才怪！你为什么不说形势比人强，没奈何？”我想到奥哈拉，他比我强？滑天下之大稽，我想认输，只怕他随时良心发现，不给我这么委屈——他比我强？天晓得。

“你别气坏了自己，詹姆斯有他的苦衷。”爱德华说。

我的头更痛了，胸口闷得像是随时要炸开来，巴不得可以杀人出口怨气。

“宝琳，”爱德华说，“我陪你去参观婚礼如何？”

“是前三排的位子吗？我一向坐惯包厢的。”我说。

爱德华凝视我：“宝琳，你的心已碎，何必还强颜欢笑？”

我掩住胸口：“如果心已碎，我又不是比干，如何还活着张嘴说话呢？”

“我陪你走一趟。”爱德华说。

“你这小子，你懂什么？”我说，“婚礼有什么好看？”

“你不想看看她真人？”爱德华问，“看戏看全部呀，见过玛丽王后，也应见见未来的比亚翠斯王后。”

我拍一拍手：“说到我心里去，我确实不应该错过这样的好机会。”

“我订了飞机，我保证你没坐过七座位的私人喷气式飞机，来，试一试，什么都有第一次。”

“你真可爱，”我说，“爱德华，谁做你的女朋友，真是好福气。”

他眨眨眼：“可不见得，她们都埋怨我不够专一。”

“世上没有十全十美的事。”我说。

天蒙蒙亮了。鱼肚白的天空，淡淡的月亮犹挂在一角，像个影子，是爱情的灵魂。

“婚礼完毕，你就该回家了。”爱德华劝我。

“是的。”

“我喜欢你，宝琳，你对詹姆斯是真心的，不比梵妮莎对菲腊。”爱德华说。

“你这孩子懂些什么，”我叹口气，“梵妮莎对菲腊才好呢，你不明白。”

“你看你，又教训我，我好不容易溜出来见你，你总不见情。”他笑。

“你倒是自由。”我的意思他自然明白。

“比起詹姆斯，那当然，”爱德华说，“他做人一生跟着行程表：什么时候出生，什么时候结婚，跟谁生孩子，吃些什么，穿哪种衣服……他生活很苦恼。”

我岔开话题：“即使是你们的名字，也受严格挑选，来来去去是詹姆斯·查理士·亨利。”

爱德华大笑：“不然叫什么？罗拔王子、艾维斯王子？名字也有格局呀，女孩子当然是玛丽、维多利亚、伊丽莎白，你几时听过有云蒂王后、吉蒂王后？告诉你，母亲不喜欢比亚翠斯这个名字呢，大嫂将来还有的麻烦。”

我喃喃说：“真厉害，必也正名乎。”

“你满意啦？她做人也不好过呢。”爱德华说。

我的眼睛刺痛得睁不开来，爱德华带着我与保镖 B 三上飞机。

那机舱小小，非常舒服，我用药水敷了棉花，覆在眼上休息。

爱德华在一边看图书，他在读一本有关中国名胜古迹的书，他问我：“秦始皇为什么要造那么大的坟墓与那么多的陶俑？”

我说：“爱德华，关于中国与关于人性，我不会知道得比你更多。”

“他是一个怪人。”他合上书本下个结论。

“谁？”

“秦始皇。”

“天。”我呻吟，“我不会关心不相干的人，你为什么不关心一下身边的事呢？”

“宝琳，我能否问你一件事？”我趋向前来。

“什么事，说吧，别问得太深刻。”我取下眼上的棉花。

“詹姆斯有没有送过你一只袋表，跟这一只一个式样的？”他自裤袋取出他的表。

我看一看：“有，我很喜欢这只表，怎么，你们几兄弟人各一只呀？”

“你说得不错，这是祖父在我们二十一岁的时候送我们的生日礼物，小弟还没有收到呢。”爱德华说。

“你有二十一了吗？”我微笑。

“宝琳，说真的，这件礼物，我们应保留到死的那天，而詹姆斯却给了你——”

“你想代他讨还是不是？”我一骨碌坐起来，“真啰唆，从没见过这么小家子气的王子，”我取过手提袋，掏出整只织锦袋交给他，“拿回去。”

“宝琳，你不明白——”

我瞪大了眼，喝道：“我明白得很，你闭嘴！”

他震惊。

我骂：“你们家，男人全部婆婆妈妈，女人则牝鸡司晨，我受够了。”我闭上眼睛。

我默默数阿拉伯字母，平静下来。呵，一辈子对着他们的又不是我，我何必担心，我应当庆幸我只是个观光客。

我紧闭着嘴唇，又一次做了阿 Q。

爱德华说："我知道你生气了，但我情愿看你生气，好过看我母亲生气，我怕她怕得要死。"

我睁开双眼，我说："你真可爱得要死。"

"请你原宥我们，宝琳，对一只鸟儿解释飞翔是困难的事。"说来说去，他要取回金表。

"这么伶俐的口才。"我诧异。

"不错。"他眯眯笑，"我占这个便宜。"

飞机经过三小时的旅程就到达了，一样有服务员招呼茶水，真是皇帝般的享受，不必苦候行李，经过海关的长龙，我们直接在机场上车。

爱德华还替我挽着行李下飞机哩。他说："B 三会得替你安排住所，明天你可以自由活动，不必跟旅行团行动，我会再跟你联络。"

我问："菲腊与梵妮莎会来吗？"

"没请他们观礼，如有兴趣，他们可以跟市民站在一起。"

"太过分了。"

“宝琳，我母亲是那种一辈子记仇的人。”

“我呢？”我忽然明白了，“我是怎么可以来的？”

“如果没有母后的懿旨，我敢来见你？”爱德华笑。

“她为什么邀请我？”我问，“向我示威？”

爱德华还是笑。我脸红了，多么荒谬，她居然要向我示威。

“她尊重你的原因，跟我喜欢你的道理一样，你是这么天真，居然忘了你是詹姆斯的救命恩人。”

“就因为如此？”我问。

“足够了。”他说，“宝琳，我们明天见。”

“我非常寂寞。”我说，“得闲出来陪陪我。”

“我看看能否出来。”爱德华说，“但别等我。”

“去你的，等你？”我伸长了脖子，骂他。

他笑着走了。

蔷薇泡沫
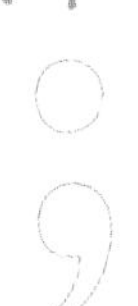

捌·

人都是说谎的。我更骗了史蒂芬在屋里等了三个月，如今回去，还得骗他娶我。

他把我安排在酒店顶楼最好的套房中，B 三在门外，不知是保护我抑或是监视我。

我斜倚在床上看电视卡通，有人敲门，我顺口说："进来。"我以为是 B 三。

"马小姐。"

我抬头："你！"我跳起来，"B 三，B 三！"我大叫。是那个《太阳报》记者，穿着侍役的制服，他又混进来了。

"你是怎么跟踪而来的？"我尖声说，"你简直像一个冤魂。"

"嘘——"他趋向前来。

"B 三呢？你把他怎么了？"我退后一步。

“马小姐，你听我说几句话好不好？”他哀求，“我已经走投无路了，你帮帮忙，行行好，我上有八十岁老娘，下有三岁孩儿，你总得听我说完这几句话。”

我这个人一向吃软不吃硬，听他说得实在可怜，叹了一口气，摊开双手，我说：“我跟你说过一千次，我不能帮你。”

他几乎要哭。“宝琳，”他说，“《太阳报》已给我下了哀的美敦书[1]，如果我再没有成绩拿出来，他们要开除我。”

我说：“那么是你不够运。”

“马小姐，恻隐之心，人皆有之，”他仿佛要跪下来，“你行行好。”

“你想我怎么做呢？后天我也得回家了，你不会跟着我去香港吧？”

“我们还有两天时间，马宝琳，你听着——”

“我才不要听你的话，”我说，“你这人有‘司马昭之心，路人皆知’。”

---

[1] 哀的美敦书：意为最后通牒，是拉丁文 ultimatum 的音译。

“你可以见一见比亚翠斯。”

“什么？”我几乎怀疑我没听清楚。

“我可以代你约她出来，据我所知，她也非常想见到你。”他的眼睛发光。

“我们为什么要受你利用？”我反问。

他得意地说：“因为你们两个人都有好奇心，就少个中间人。”

“你凭什么找到她？人家是女勋爵，又快做太子妃了。”我不相信他。

“小姐，无论如何，她也是个女人，是不是？”

“人家很聪明的，”我夷然道，“才不会受你骗。”

“你要赌一记？”他问我。

我端详他，他这个人，虽是无赖，但却尽忠职守。“你叫什么名字？”我问。

“高尔基。”他说。

“你还会不会寄律师信给我？”我问。

“不寄了，我们握手言欢，马小姐，我们都是老朋友了。”他拍拍我的肩膀。

我啼笑皆非："谁是你的老朋友？你这个人，油腔滑调，简直是个混江湖客，告诉你，你这种态度，只能敷衍得一时，终久被人拆穿了，就不值一文。"

高尔基坐下来，眼珠像是褪了色。"我能做什么呢？我父母是白俄，在中国哈尔滨住过一个时期。然后在上海坐船到欧洲，带着七个孩子混，我又不爱读书，找不到理想的工作，我觉得非常惭愧，但是我体内已充满败坏的细胞，不懂挣扎向上。"他的头越垂越低，他继续在我身上使软功。

"呵，高尔基，你真是……"我非常同情他。

"进《太阳报》已一年了，"他用手托着头，"若不是拍得一张蒙纳可公主与新欢罗萨利尼的泳装照，早就卷了铺盖了。"他就快要把我说服了。

"可怜的高尔基，你父亲何以为生？"我问。

"父母是酒徒，我母亲还是女大公呢，贵族，哼，谁不是贵族？时代变迁，带着名衔逃难，又特别痛苦。"

高尔基说："母亲患肺病，在家也穿着以前的纱边跳舞衣，旧了破了臭了之后，仍然挂身上，看着不知多么难过。"

我明白，我也听说过有这种人。

“我的前半生就是这么过的。宝琳，如果你与比亚翠斯见面时，肯让我在一旁，我真的感激不尽，我就开始新生命，给我这个机会好不好？”

“不可能，你这一写出去，我对不起他们一家。”我说。

“可是他抛弃了你呀。”高尔基挑拨。

“抛弃有很多定义，我不认为如此。”我微笑。

“阿Q精神。”他蔑视我。

“你怎么查到的？”我不怒反笑道，“我是阿Q指定的未来掌门人。”

“你想不想见比亚翠斯？”他又言归正传。

我点点头：“想，想极了。”

“我给你引见。”

“如果她会上你的当，我也不怕上你当。”我豁出去了。

他跷起大拇指：“有肝胆的好女子。”

我问：“什么时候？”

“我现在马上去安排，”他兴奋地说，“这将是我事业上的转折点。”

我根本不在乎，我不相信他办得到。

他走了之后，B 三来敲我房门，我责备他："你走到什么地方去开小差的？"

他答："我……我去买足球奖券。"有愧于心的样子。

"疏忽职守，开除你，"我骂，"你以为你会中奖？"

他听得什么似的，呆站着："我……我才离开十分钟。"

"十分钟可以轰炸一座城市至灰烬，你知道吗？"

我叹口气："出去吧。"

我不得一刻宁静，电话铃一下子又响起来。

"宝琳？"

"是。"我问，"是爱德华？"

"宝琳，你不会相信，比亚翠斯来过，她请我陪着她来见你——怎么一回事，你约见她？"

我"霍"地坐直了身子，看样子高尔基真有点办法。

"是，我约见她。"

"有这种必要吗？"爱德华很为难。

"如果她愿意的话，为什么不呢？"我说。

"也好，万一母亲责怪起来，我可以说是她逼我的。"

"滑头小子。"不用看见也知道他在那里吐舌头装鬼脸。

我说："约在什么地方？"

"你不是说在多萨路公园门口的长凳附近吗？"爱德华问。

"好，半小时后在那里等。"我挂上电话。

我正换衣服，电话铃又响。是《太阳报》的那二流子高尔基。

"你真有一两度的。"我说，"但届时整个公园都是保镖，你当心一点。"

"你放心，我有我的伎俩。"他说。

"好，祝你一夜成名，高尔基。"我是由衷的。

高尔基太兴奋了："谢谢你，宝琳。"

"是你自己的本事，何必谢我？再见。"

"再见。"他挂上了电话。

我披上外套下楼，B 三随在我身后，我们走路到公园，我找到近门口的一张长凳坐下，B 三站在我身后，他的神情警惕，像只虚有其表的猎犬，我不禁觉得好笑。

我看看手表，时间到了，他们是出名准时的。

公园中有雾，很重很湿，十来二十尺外就看不清楚。

远处恐怕尚有一个池塘，因为我听见蛙鸣，整个地方像亚嘉泰姬斯蒂[1]悬疑小说中的布景。

在这当儿，幸亏有B三在身边陪着，否则也够恐怖的，万一自雾中冉冉升出一具身缠绷带的吸血僵尸……

我有点寒意，问B三："几点钟了？"

B三忽然立正，他说："小姐，他们来了。"

我抬起头，果然，一行四人，两个恐怕也是保镖，左右散开，爱德华领着一个高大俊美的女郎向我走过来，为了礼貌，我站起来。

爱德华向我点点头。

我第一次看清楚我的情敌，她年纪非常地轻，相貌像摆在橱窗中的金发洋娃娃，体格却像美式足球手，直情与爱德华一般高大，肩膀打横量没有两尺也有一尺半，但她不失为是娇美的一个女孩子，脸上有一股很清纯的气质，高贵得一点不碍人，相信我在今日不会听到那著名的咕咕笑声，因为她沉着面孔。

---

[1] 亚嘉泰姬斯蒂：又译为阿加莎·克里斯蒂（Agatha Christie），英国侦探小说家。

当我在打量她的时候，她也在端详我。

闻名不如见面，我感喟，往日大学中比她美的女同学也有的是，但这个小女孩，将来却要成为一位王后，待做了王后，过几年也俨然一位王后模样，不容小觑，我相信给我同样的机会与训练，我会比她做得更好，但谁会相信呢。

爱德华说："让我们都坐下来。"

比亚翠斯女勋爵并没有意思坐下来。

她是邻国的公主，我的匕首是我与詹姆斯之间的秘闻，倘若把这一切都出卖给高尔基，我或许可以得回詹姆斯，但是我做不出来。

我动动嘴唇："你好。"我说。

"你好。"她也说。

爱德华说："你们两个都非常好，现在大家可以坐下来了吧？"这个小子。

我坐下，她也坐下，当中隔着爱德华，B 三退得远远。

爱德华说："不是都有话要说吗？哑了？"他推推我俩。

他对他未来大嫂，也有一种亲昵，我觉得好笑，爱德华对我们两个，真能做到一视同仁，男人都是这样。

为免使她尴尬，我终于开腔："后天，就结婚了。"

比亚翠斯没有抬头，她的大眼睛向我斜视，有种温婉无助的神态。

她就是因为这样才被选中的吧。我胸中剩余的一点点母爱也被激发了，说她无辜，也并不算过分，两个并不相爱的人被安排在一起，必须在以后的岁月里养儿育女，简直如实验中为繁殖而被养育着的白鼠。

我轻轻说："在你们美好的生活环境中，很快可以培育出爱情，你们的将来是光明灿烂的。"

"谢谢你。"她说。

双手握在一起，手指非常粗壮，她的一双脚也大得出奇，并且她俱知道这些缺点，故此很少让肩膀平伸出来，她要尽量使自己的体积看上去比詹姆斯小一点。

我看到她左手无名指上戴着那只订婚戒指，忽然之间我变得非常同情她了。她还没有成长呢，连性别都不明显，给她换上水手装，她看上去就像个小男孩。

我听到她说："爱德华跟我说，你是出奇的美丽，我不相信，可是现在见到你，我想我明白为什么詹姆斯数次跟王后剧烈争吵。”

“詹姆斯还是你的，他永远是你的。”我说。

“是的，本质上他是我的，”她仍然用那种平静的声音说，“坐在我对面，在沙发上就睡着了——睡王子。”她温和而体贴地说，她爱他。

我诧异于她的幽默感，笑了。

“他并不想与我结婚，”她嘘出一口气，“坦白说，我现在也有点怀疑，我是否一定要嫁给他。但怀疑归怀疑，我们已经没有时间了。”

“那岂不是好，很多时候，因为没有选择的缘故，人们往往走对了路。”我说，“关于我与詹姆斯，不知你听到多少，很多时谣言是夸大的。”

“你很仁慈。”她说，“男人为了巩固他们的地位，什么样的话都说得出来。”

“你仿佛很了解男人。”她有点羡慕的意思。

我微笑：“是的，男人……我见过很多的男人。”苍白得很。

“……詹姆斯，他是一个好男人？”她忽然问。

“他是一个安琪儿，你可以相信他，将来你们有莫大的幸福。”

爱德华说：“十分钟到了。”

我说：“比亚翠斯，你可以放心，我不会妨碍你们，后天我在人群中参观你们的婚礼，然后就回家了。”

她大眼睛闪出依依不舍的神情，这个女孩子。她简直像条小狗般温驯，谁也不忍心伤害她，这朵温室里的花，姿色出众，注定可以芬芳到老——她是特为詹姆斯培养的。

我叹口气，掠掠头发，找不到可以说的话。

“爱德华，谢谢你。”我说，“时间不早了。”

比亚翠斯淡色的眼睛仍然对准了我，使我觉得不自在，我避开她那种审判似的天真目光。

我转头跟 B 三说：“我们走吧。”

我缓缓走出公园门口。

到了铁栅边，又怀疑刚才的一切不太像真的，于是回身看，她与爱德华仍然站在那里。这时候我才看清楚，她穿着一件长的斗篷，在雾中别有风致。

我终于走了。

归途中经过超级市场，我平静地买了果汁牛奶，B三跟在我身后付账。

见过比亚翠斯，心中较为舒坦。虽败犹荣，这一仗败了也不相干，她是一个傻气未脱的女孩子，待她成长之后，应该早忘了这段不愉快的往事。

回旅馆我洗了头，用大毛巾包着头。

B三说：“有一位高尔基先生求见。”

“请他进来。”我说。

高尔基冲进来，抱着一大包东西，他怪叫：“太妙了，太妙了。”

“请你控制自己，老高。”我瞪着他。

“你与她为什么不多说话？”他问，“我还开了录音机呢。”

“什么？”我呆住，“你在场？我们一行数人都没有发觉呢。”

“嘿，”高尔基眉飞色舞，“我会叫你们发觉？这也太小觑我了，我是鸡鸣狗盗辈的佼佼者，看我拍的照片。”

他打开大包小包，取出一大沓照片，有些放至台面大小。照片中的人物正是我、比亚翠斯与爱德华。

“什么，都已经冲出来了？”我惊道。

“可不是，”他兴奋地说，“宝琳，这下子我可以一举成名了。”

“利欲熏心。”我骂，“没有人相信你，”我说，“照片可以伪造。”

“我有底片为证，这一批照片可以为我俩带来财富，宝琳，配上你写的自白书，真的，”他搓着双手，“我们合作好不好？你考虑考虑。”

“我才不会跟着你疯呢。”

“有图欠文，宝琳，你仔细想想，多么可惜。”

我用毛巾擦干头发。

“你看这一张，比亚翠斯眼中尽是绝望的神色，还有这张，把你拍得多美。宝琳，你会得到全世界的同情。”

我说：“你可以离去了。”

“宝琳——”高尔基双眼中尽是狡猾。

我说：“你‘事业’已经到达巅峰了，夫复何求，快走吧。”我瞪着高尔基。

高尔基放下照片，看牢我问：“宝琳，你真的爱他？”

我不答。

“他不是一个可爱的人呀，又不漂亮，两只眼睛斗在一起，一双招风耳，你是如何爱上他的？”

我不悦：“不许这样说他。”

他静默了。

我扭开了电视，新闻片正在播映詹姆斯与比亚翠斯婚礼彩排的经过，我闲闲地说：“这两个人都不上照。”

高尔基话不对题地说：“从来没人这样爱过我。”他呢喃着自言自语。

我抢白他：“因为你也从来没有爱过人。”

他不响，再坐一会儿，站起身拉开门走。

我心中像是要炸开来似的，再也控制不住，我想推开窗户，对准街道大声尖呼，把我的怨郁让全世界的人知道，我想大哭，哭至眼睛都睁不开来，哭至精神崩溃，到医院去度过一生，但这么理想的事永远不会发生在我身上，我永远得不到杀身成仁的机会。

我抽了一夜的烟，不能入睡，在套房中踱来踱去，我无法将自己的一颗心再纳入胸腔，它早已跳了出来，真恐怖，我可以看到自己的肉心悬在天花板下，突突跳动滴血，在做垂死挣扎，吊着它的线，叫作詹姆斯。

如果我再不眠不休，不需要很久，我就会发疯了，我已经看到各式各样的幻象，包括自己的心。自从在“维多利亚”号被詹姆斯接走，我整整瘦了一圈儿，还不止。回到香港，我要大吃，如果吃得下，我要吃死为止，再也不想节食维持身材苗条。

天亮了，我苦笑，按熄烟头。

我推开窗门——就是这条路，届时新郎、新娘及所有王室成员乘坐的九辆马车、六个步兵团及一队骑警队将沿此路过，浩浩荡荡向教堂出发。

（王子将与邻国的公主结婚，人鱼公主彻夜不眠，她的五个姐姐游泳前来，跟她说：“我们用长发与女巫换来这把匕首，快，快把王子刺杀，回到海中过永生的日子，否则到了第二天，你就会化为蔷薇色的泡沫，消失在天空中。”）

我呆呆地站在窗前。

我筋疲力尽，倒在长沙发上，闭上眼睛，头晕，昏昏沉沉地跌进一个旋涡似的，一直转下无底洞，我睡着了，梦中不住落泪，哭成一条河。

“宝琳，宝琳。”有人叫我。

我却不愿走出梦境，只有在梦境中，我可以休息。

“宝琳，醒一醒。”

我睁开眼睛。

伏在我身边的是詹姆斯，一头栗色头发已经被汗浸湿，他的声音非常呜咽，像是赶回来奔大人丧的孩子，我倒希望我已经可以死了。

“詹姆斯，你怎么来了？”

“我来看你。”他的脸埋在我手中。

我实在再也忍不住，两行眼泪落下来。

他也不出声，只是握紧了我的手，我们相对哭了良久，像两个无助的小孩子，在森林中迷了路，除了导向吃人女巫的小径，没有第二个出口。

我叹口气说：“在从前的童话中，女孩子只要遇见王子，一切都能起死回生，怎么现在情形不一样了呢？”

他更抬不起头来。

我挣扎着自沙发中坐起来："这是我们最后一次见面了吧。"

他点点头。

我把他紧紧拥在怀里："詹姆斯，詹姆斯。"他终于要离我而去了，早知道这一天会来到。

面临最后关头，我却还战栗，天色都暗下来，浑身打战，我觉得这一刹那像世界末日。

渐渐我镇静下来，我跟他说："詹姆斯，谢谢你来看我。"

他不能再控制自己："我不想回去，宝琳，我不想回去了。"

"你一定要回去，我不能救你，詹姆斯，你这个包袱太重，我背不起。"

他站起来，我与他再拥抱："詹姆斯，我们来生再见。"

他一头一额是汗，站着看牢我良久，然后说："我走了，宝琳。"这真正是最后一次。

"你自己多多保重。"

"我走了以后，你还是你，宝琳，我则不会再一样了。"

“这句话我也想说哩。”我抬起头凝视他，“我再也不是以前的马宝琳了。”

他自怀中掏出一只袋表，他说：“宝琳，我曾说过，我给你的纪念品，不要还给我。”

我强笑，“袋表像一颗心，”我说，“滴答滴答地跳动。”我接过表，放进衬衫口袋，贴近我的心。

“当你回到中国，躺在洁白的沙滩上吃荔枝果的时候，我还在苍白的天空下剪彩握手。”他茫然地说。

“当你一家欢聚的时候，我会在公寓独自喝威士忌加冰。”

“你总会比我俩快乐。”他说。

“我很怀疑，詹姆斯，你不必为这一点不甘心，我不会比你俩更不快乐的。”

他吻我的手。

“我们都瘦了，但愿这件事像梦一般快快过去。”

他垂着头。大家纵有千言万语，都出不了口。

“你走吧。”我说。

“再见。”

我知道永远不再才是真的。

他离去。

我回房再点着香烟，深深吸一口，呼出去，看看渺渺轻烟，我笑了。我们只有两个显著的表情，若不是哭，便是笑。

我此刻的表情简直哭笑难分。

我伏在桌子上，面孔贴着冰凉的桌面。

不知多久，高尔基回来了，他坐在我对面，还要游说我，但他的声音有一股异样的温柔，他悄悄说："怎么样？"

我并没有改变姿势。

（人鱼公主哭泣了一个晚上，她将匕首扔进海中，当太阳升起，她化为蔷薇色的泡沫，消失在天空中。）

我摇摇头："我不会出卖他，绝不。"

高尔基点点头，取出一大沓底片与一卷录音带，放进一个空花瓶中，划着一根火柴，丢进瓶子里，冒起一阵青烟，接着是赛璐珞燃烧的臭味与火光。

我不很信地看着他。

他嗫嚅地说："成名？我才不要成名，有了名气，心理负担太重太重。"

我看着他。

他又说："我要詹姆斯太子一辈子内疚，生生世世忘不了你，因为你没有做过任何对不起他的事。"

"你这个天真的混混。"我笑。

"我希望得到你的爱，宝琳——"

"我非常非常爱你，高尔基，"我夸张地说，"我认识那么多男人，最仁慈的就是你了，高尔基。"

他扭扭我的面颊："我一个字也不相信。"

我开怀地笑出来。

"走吧。"他说。

"哪里去？"

"随便哪里，你还留在这里干什么？"他诧异地问，"你没有必要听他们摆布，你又不是可怜的比亚翠斯女勋爵。"

"说的是。"我拾起箱子，"如何对付保镖 B 三呢？"

"他并没带枪，我知道，你如何对我，便可以如何对他，赏他一拳好了。"高尔基说。

我俩打开门，我伸手叫 B 三："请你过来一会儿。"

他迟疑一下走过来，高尔基挥出一拳，B 三立刻倒在地上，动也不动，连最低限度的反抗都没有。

高尔基睁大了眼睛："该死，我是否一拳击毙了他？"

我连忙蹲下去探B三的鼻息，他呼吸匀净，像个熟睡的孩子。

我说："可怜的B三，他没有事，他只是太累了，把他拖进房内让他好好睡一觉吧。"

我与高尔基一人拖他一条腿，把他拉进房内，关上门。

在旅馆门口，我与高尔基分手。

"你到哪里去？"他问。

"我想回家去。"

"你的护照可在身旁？"他对我真正地关心起来。

"一直在我手中。"我说。

"你有钱吗？"

我摇摇头。

他心痛地说："你这个傻子——"

"他有给我珠宝，值好些钱。"我不服气地说。

高尔基挥舞双手，大声疾呼："你舍得卖掉它们吗？嗯？"

"嘘——"我恳求。

"真蠢，白长了一张漂亮面孔，真蠢，"他喃喃地骂，一边在口袋掏出一叠现款，“要多少？”

“一千美金。”我说。

“什么？我自己总共才得两千美金。”他肉痛死了。

“那刚好，一人一半。”我说。

“你今天睡在哪里？”他把钞票塞在我手里。

“换一间酒店。”我把钞票收好。

“什么？省一点吧，小姐，我的朋友有间公寓就在城内，将就一点，现在我先陪你去买机票。”没想到他真的照顾起我来。

“好的，”我说，“跟你跑。”

他看我一眼，深深叹口气。

“妈的，这叫作偷鸡不成蚀把米。”高尔基说。

我心中很慌，也忍不住笑了。

买了第二天晚上的单程飞机票回香港，我搬到高尔基友人的房子去住。

那是层破公寓，楼板随时会塌下来似的，脚踏上去咯吱咯吱地响，一台电冰箱响得像火车头，老实说，自从毕业以后还没住过这样的地方，我并不想省这种钱。

“面色别那么难看好不好？”高尔基说，“告诉你，世上自由最可贵，穷点就穷点。”

我说：“我听见有耗子跑来跑去。”

“它们又不会伤你的心，怕什么？”他讽刺我。

“这里怎么没电视机？”我问，“没电视机我怎么收看大婚典礼呢。”

高尔基扬扬手：“听听这是什么腔调，她敢情还希望这里有三个温暖浴池及桌球室呢。”他说，“你要看大婚典礼也容易呀，人家早替你留了位子，你去呀！”

“你别吵好不好？”我瞪起双眼，“你话怎么那么多？”

“我扼死你，”高尔基悻悻然，“为你这种没心肝的女人牺牲简直划不来。”

我冷笑：“还没到一天就后悔了。”

他心软了：“宝琳，我们明天就要分手了，何必再吵呢？”

我说：“高尔基，随时你到香港来，我拼了老命招呼你。”

他说：“嗬，你这个自身难保的蠢女人。”眼睛红了。

仗义每多屠狗辈。我没有再提要搬出去住，才一晚而已。

整夜担心有臭虫，把我的注意力转移不少。

近天亮时也就不甘心地睡着了，觉得冷，将外套紧紧缠在身上，滑稽兼狼狈。

我并没有做梦，中午高尔基把我推醒，他做了三明治当午餐。真料不到他的环境那么差，我非常地内疚。

“五点半的飞机，”他说，“别误点。”

“高尔基，”我说，“要不要到香港来混？白皮肤占便宜，真的，苏丝黄时代虽然一去不返，但你仍然随时可以找到一大把崇洋的妞儿，来吧。”

他摇摇头：“我喜欢欧洲。”

我留下地址、电话：“随时找我。”

“谢谢你，宝琳。”他说，“我送你去机场。”

我洗了脸跟他说：“我到附近啤酒馆去看电视。”

“我陪你去。”他叹口气，“你真死心不息。”

我很苍白地笑。

他看着我：“女人真奇怪，我在利维拉[1]初见到你的时候，十分惊艳，自觉没见过这么靓的东方美人，可是此刻

[1] 利维拉：又译为里维埃拉（Riviera），地中海沿岸区域。包括意大利的波嫩泰、勒万特和法国的蓝色海岸地区。

觉得你整个人落了形，不过如此。”

“好啦好啦，别打落水狗啦。”我推他一把。

我俩在啤酒馆，在电视机前霸了一个位子，七彩电视荧幕上的詹姆斯神色自若，我很震惊。

高尔基坐在我一旁冷笑：“你以为他会让几亿观众看到他心事重重？人家是超级明星，演技一流。”

我称是。比起他以后数十年的荣华富贵，我这一段插曲，算得上什么呢？我呆呆地伏在柜台上。

“心碎了吧，牺牲了也是白牺牲。”高尔基冷笑说。

“不是的，”我说，“他有他的难处。”

“嘿！”高尔基自鼻子哼出来。

我不去理睬他。

电视上新娘子出现了，打扮得直情如神话中的仙子公主，一层层的白纱蕾丝，钻石皇冠，把一张脸衬得粉妆玉琢，真是“人要衣装，佛要金装”。

高尔基又冷笑：“新娘连这身衣裳一起上磅，足足一公吨重。块头那么大，还配件那么啰唆的裙子。”

我说：“我认为她很美，而且你看，她脸上没有一丝跋扈的神情，这个媳妇是选对了。”

“人家是敢怒不敢言，宝琳，我看你是怒也不敢怒。”

我说：“你挑拨什么呢，要我去放炸弹吗？”

“走吧，你该上飞机了。”高尔基说。

我叹口气。

他陪我到飞机场，我与他道别。

“你要当心自己，小女人。”他说。

“得了。”我说。

“在飞机上好好睡一觉，”他把杂志塞到我手中。“醒了看这些，一下子就到家了——有人接你吗？”

“你口气听上去像个保姆。”我笑说。

“再见，宝琳。”

“再见。”我与他拥抱道别。

在飞机上，我用杂志遮着脸，努力忘记过去，安排将来的岁月——去找一份工作，结交男朋友，参加舞会，再忙我那种毫无意义的生活——

老史不知是否还在等我，或许，我俩还可以订婚呢。

飞机上的噪音给我一种镇静的感觉，我已纳入正轨，一切趋于正常，过去三个月来发生的事……是不实在的。多谢香港这个钢筋水泥的社会，训练我成才，我不会活在空中楼阁里。

侍应生莺声呖呖地问："小姐，喝杯什么？茶或咖啡？牛奶果汁？"

我拉下脸上的杂志，刚巧身边的乘客探头过来，我一看那张脸，好不熟悉，定一定神，马上尖叫起来："你，是你！"

是奥哈拉。

我陡然拔高了声线，吓得附近的客人都跳起来，有半数的人以为是劫机，空中小姐连忙说："小姐，你没事吧？"奥哈拉也指着我的脸呆住了。

"没事？"我气说，"这个人是麻风病人，我要求调位子。"冤家路窄，世界是越来越细小了。

奥哈拉连忙说："没事没事，绝对没事。"

空中小姐以为我俩是情侣吵架，笑一笑，便走开了。

"奥哈拉，你为什么不跳飞机自杀？"我咬牙切齿地骂。

他也气了："你要我死？你为什么不亡？我不过是比你

稍早升职，而你，你害得我被动辞职，理该你先死。”

我瞪着他，他说的也是事实，是，咱们两败俱伤，谁也不讨好。

我说：“是你先与我斗，是不是？”

“不是我，也会是其他人，这根本是一个淘汰性的社会，你考不了第一，不能恨别人名列前茅，马宝琳，你不能够愿赌服输，就不该出来做事——为什么不回家抱宝宝去？”

“哼，”我冷笑，“你应该知道我与你势均力敌，这里面有人做了手脚。”

“你说得对了，”奥哈拉也冷笑，“你是个聪明人，告诉你，公司开了近十次的会，到最后是南施说你脾气浮躁，还需要磨炼，她推荐了我。”

我听了如五雷轰顶，抓住奥哈拉的领带：“你说什么？”我的心都凉了。

“放开我，我说是南施出卖了你。”奥哈拉挣扎。

“什么？”我呢喃，“她？我最好的朋友？她应知道我是一个最好胜的人，这种打击会使我痛不欲生，她太明白我是多么想得到那个职位，她为什么要害我？”

奥哈拉冷笑：“问你自己，你比她年轻貌美又比她多张文凭，终有一日你要爬过她头。”

奥哈拉冷笑：“到时南施屈居你之下，以你这样的脾气，她日子怎么过？不如趁你羽翼未丰的时候除掉你！好朋友？什么叫朋友？利字当头的时候，不是你死，就是我亡，你以为咱们来到这世界是参加儿童乐园？马宝琳，你还在做梦呢你，”他蔑然，“人人都说你精明能干，我看你简直不是那块料，一点防人之心也无，与仇人称兄道弟。”

我簌簌地发抖，大姐，出卖我的竟是大姐，这个打击非同小可，我受不了，这比詹姆斯在与我哭别后满面笑容地跑去跟别人结婚还可怕，这世界到底是什么样的世界？我们到底要把功夫练到第几层才不至受到伤害？

我一个字也说不出来。

“小姐，你终于冷静下来了。”奥哈拉松一口气。

害我，大姐害我，我双足如浸在冰窖中。

“宝琳，有什么好难过的呢？”奥哈拉居然劝我，“不招人忌者为庸才。”

“不……”

“她出卖了你，你受不了，是不是？”奥哈拉问。

我胸中犹如塞了一块铅，连大姐都这样，世上没有值得信任的人了。

我忽然觉得寂寞。

“回到香港，依你的脾气，是不是立刻要找南施摊牌？”奥哈拉问，“如果我是你，我不会那样做。有什么好处？做朋友，是论功过的，相识的日子中，如果加起来，功多于过，这个朋友还是可以维持下去，坦白说，没有南施的扶持，你也爬不到这么高。”

我呆呆地听着。

“如果你真的生她的气，那么表面上愈加要客气，越不要露出来，不要给她机会防范你，吃明亏，宝琳，你明白吗？”

我哽咽：“这么虚伪！”

“这年头，谁不是带着一箱子的面具走天涯？”

奥哈拉感喟：“按什么钮说什么话，宝琳，我也很厌倦，但我是男人，不得不挨下去，你又是为了什么，回到厨房去，厨具可不会刻薄你。”

我没想到奥哈拉会对我说出这等肺腑之言，先莫论真情或是假意，便马上感动了，我往往感动得太快，对方一点点好处，我就觉得，立刻要报知遇之恩，其实南施这几年来对我更加不薄，句句话都忠言逆耳，但她何尝不是笑里藏刀？

詹姆斯还说过要与我出走去做寓公[1]哩，骗人的是他，骗自己的是我。

人都是说谎的。我更骗了史蒂芬在屋里等了三个月，如今回去，还得骗他娶我。

我糊涂了，我挺适合这个世界呀，虽有吃亏的时候，但得到的也不算少，一半凭天赋及努力，另一半是机缘巧合，比起一般女子，我成就可算出色——还有什么好怨的呢，我闭上眼睛。一个混得如鱼得水的人，不应啰唆。

我不响了。

奥哈拉在一旁看报纸，窸窣地响。我们曾经同事若干

[1] 寓公：原指丧失了爵位或封地的官僚、贵族客居外乡或别国，现指官僚、地主、资本家等流亡国外。

年，有深厚的感情，开头也曾并肩作战。

我问他："你到欧洲度假？"

"是，回港有一份新工作在等我。"他说。

"恭喜。"我说。

"很奇怪，在香港住久了，这个狭小暴热挤逼的城市竟成了我的故乡，回到真正的家乡，反而不惯，我想我是要在香港终老了。"

"你的粤语是越来越进步了。"

"你呢？"

"我？我与你相反，我回香港，如果有可能的话，想在婚后移民外国，过一种宁静安乐的生活。"

"什么？你退隐了？"他难以置信地说。

"是。"我点点头。

"对方是个怎么样的人呢？"他问。

"史蒂芬？他是一个好人。"我莞尔。

"好人？"

"我知道，现在光做好人也不够了，但是你要是想想好人是多么少，也会为我庆幸，外头的男人，此刻都非常牛鬼蛇神。”

奥哈拉微笑：“你有点返璞归真。”

“不，在这场角逐中，我输了，跑不动了。”

“宝琳，我们都喜欢你，真的，你是一个顶坦白可爱的女孩子……”

我睡着了，没问题，明天的忧虑，明天去挡就够了。

下飞机，一阵热气喷上来，我与奥哈拉说“后会有期”。

找到公用电话，拨到家中去，响了三下，居然有人接听。我问：“是老史吗？”可爱的老史，总算遇上了。

“谁？”他愕然。

“马宝琳。”

“你？”他大吃一惊，仿佛听到一个死人的声音般，“你回来了？”

“到机场来接一接我好不好？”我疲倦地说。

“你回来了？”他还是没能会过意来。

“老史，你不是想告诉我，你已决定与我最好的朋友私奔了吧？我受不了这种刺激。”

“宝琳，我一直在等你，真的——”可靠的老史。

“快来九龙城启德机场接我吧。”我放下话筒。

够了，只要老实可靠就够了，我还有一双手，为自己找生活尚不成问题。

老史到得比我想象中的快，十五分钟内赶到，一头一脑的汗。

他责备我：“你到什么地方去了？”一边替我提箱子。

他开着一辆小车子，我问：“谁的车子？”

“大姐南施借我用的。”他说。

“哦。”我将头靠在椅垫上。

“你太任性了，宝琳。”

老史说：“我傻等了数十天，学校都快开学了，我会丢了差事，到时如何养活你？”

“你还打算娶我？”我奇问。

“我是非卿不娶的。”

“真的，老史，真的？”

“宝琳，我几时骗过你？几时叫你落泪过？”

真的，他说得对，这样已经足够条件做一个好丈夫。

“我们结婚吧。”

“早就该这么说了。”

这两个月来，与老史做伴的，就是那副会说话的电脑棋子游戏机。

他说：“我看《新闻周刊》，他们又发明一副更棒的，对方有一只小型机械手，自动会得钳起棋子……”

“我会得送给你做结婚礼物。”我说。

他雀跃。

我足足睡了一整天，二十四个小时，醒来时候发觉小公寓被老史这头猪住得一团糟，呵，质本洁来并不能还洁去。

我拼了老命收拾，老史在一旁冷言冷语：“不是说要卖了房子到英国跟我住吗？还白花力气做甚呢？”

我不去理他，婚前要睁大双眼，婚后要眼开眼闭。

我没想到大姐会来看我们。我并没有发作，神色自若地招呼她。奥哈拉说得对，做人要含蓄点，得过且过，不必斤斤计较，水清无鱼，人察无徒，谁又不跟谁一辈子，一些事放在心中算了。

我怎么会变成这样了呢，想起来不是不伤心的，我的面具挂得这么好，紧贴在面孔上，天衣无缝，我甚至没有太勉强自己去做作，就可以与大姐欢欢喜喜地谈话，与以前一模一样。

大姐很含蓄，她并没有提起我的事，也不问。

只除了她出卖过我一次，她就是我最好的朋友，真可惜，但是我想我们都得保护自己。

过没多久，我就与老史走了。

大姐问我："有什么打算？"看样子她仍然关心我。

"长胖，生孩子，"我微笑，"到一个有纪律的社会去，过着很平凡的生活。"

"会惯吗？"

"做人不过见一日过一日罢了。"我说，"会习惯的，我有女人的遗传天性支持我。"

"过去的事，不要想太多。"她小心翼翼说。

"这是什么？"她问我，"什么时候改用袋表了？"

"袋表好用，"我说，"啪嗒啪嗒的，像一颗心。"

"你呢？"我问，"不打算离开？"

"不，明年我可能又有升职的机会。"她说。

“好得很。”我叹口气。

老史在那边喊：“飞机快要开了，干脆替南施也买张飞机票，一起走吧。”

我歉意地向南施赔个笑，一副“人在江湖，身不由己”的样子。她向我摆摆手：“回来时记得找我。”

找她？永不，我是不会回来的。

“老史，”我大声叫，“等我一等。”追上去。

图书在版编目（CIP）数据

蔷薇泡沫 / 亦舒著 . —长沙：湖南文艺出版社，2017.9
ISBN 978-7-5404-8214-5

Ⅰ．①蔷…　Ⅱ．①亦…　Ⅲ．①长篇小说 - 加拿大 - 现代　Ⅳ．① I711.45

中国版本图书馆 CIP 数据核字（2017）第 161661 号

上架建议：畅销・小说

QIANGWEI PAOMO
蔷薇泡沫

作　　者：亦　舒
出 版 人：曾赛丰
责任编辑：薛　健　刘诗哲
监　　制：毛闽峰　赵　萌　李　娜
特约监制：刘　霁　郑中莉
策划编辑：李　颖　沈可成　谢晓梅
文案编辑：吕　晴
营销编辑：贾竹婷　雷清清
封面设计：张丽娜
版式设计：李　洁
出版发行：湖南文艺出版社
（长沙市雨花区东二环一段 508 号　邮编：410014）
网　　址：www.hnwy.net
印　　刷：北京天宇万达印刷有限公司
经　　销：新华书店
开　　本：775mm × 1120mm　1/32
字　　数：116 千字
印　　张：8
版　　次：2017 年 9 月第 1 版
印　　次：2017 年 9 月第 1 次印刷
书　　号：ISBN 978-7-5404-8214-5
定　　价：38.00 元

质量监督电话：010-59096394
团购电话：010-59320018